힘내라는 말 대신

힘내라는 말 대신
강관우 에세이
히읏

작가의 말

이 책은 강원도의 한 보건소에서 근무했던 때의 기록들입니다. 어떻게 보면 삼 년 동안의 그저 스쳐가는 곳이었지만, 저는 그 시간을 소중하게 보내고 싶었습니다. 그곳에서 많은 환자분을 만났습니다. 그리고 그들의 이야기에 귀 기울였습니다. 듣다 보면 지극히 평범한 사연 속에도 각각 보석 같은 마음들이 있었습니다. 그 보석은 사람의 마음에 온기를 지피는 위로나 공감, 그리고 사랑에 관한 것이었습니다. 그것들을 글로 엮었습니다.

진료실이 더욱 특별한 공간으로 여겨지는 순간이 있습니다. 다양한 사연이 도착하는 곳이기 때문입니다. 고된 투병기, 상실, 사별, 고독, 가난 등 여러 이야기를 들을 수 있었습니다. 환자분들의 이야기를 들을 때면 종종 생각에 빠졌습니다. 그들을 어떻게 위로할 수 있을지 고민했습니다. 눈물 흘리는 이들에게 조용히 휴지 한 장을 건넬지, 듣고만 있을지, 아니면 따뜻한 말 한마디라도 해드릴지, 함께 눈물을 흘릴지를 고민했습니다. 그렇게 고민을 거듭하다보니 위로가 무엇인지를 조금이나마 알게 되었습니다.

위로는 나의 말을 줄이고 상대방의 소리에 귀 기울이는 일이라는 것을 깨달았습니다. 위로는 낼 힘조차 없는 이에게 힘내라는 말 대신 당신 곁에 있겠다 말하는 일입니다. 위로는 정답을 제시하기보다는 변함없이 사랑한다고 속삭여 주는 일입니다.

모두의 사연이 아름답습니다. 그 이야기들 속에 우리가 매일의 아침을 맞이할 이유가 있습니다. 그곳에 참고 견뎌야 할 이유가 있고, 무모한 희생을 실천하게 하는 용기가 있습니다. 이 이야기는 바로 우리의 삶이기도 합니다. 이 책을 통해 온기 가득한 무엇인가가 여러분들의 마음 한편을 채운다면, 제 마음 또한 따뜻해질 것 같습니다.

목차

작가의 말 · 04

01

어디 또 불편한 데 없으세요?

약값이 없어요 ··· 14 · 술에 취한 아들 ··· 22 · 난 입원 못해요 ··· 29 · 약을 복용하지 않는 청년 ··· 38 · 위로 ··· 44 · 내 아내랑 며느리예요 ··· 46 · 정신과나 가래요 ··· 52 · 검사기기 좀 똑바로 관리하세요 ··· 62 · 예방접종 ··· 70 · 겨울이 왔어요 ··· 75 · 할매 ··· 83 · 어디 또 불편한 데 없으세요 ··· 89

02

마음 둔 곳

외로움 · · · 96 · 여행에 대하여 · · · 103 · 캐어 앤 쉐어 · · · 107 · 옷 · · · 112 · 일(Work)과 걸음(Walk) 사이 · · · 114 · 8월 · · · 118 · 대구로 파견가다 · · · 120 · 엄마 나 아파요 · · · 125 · 선별진료소의 하루 · · · 130 · 공항 검역소 · · · 137 · 새해 · · · 143 · 마음 둔 곳 · · · 146

03

작별

차가 전복되었어요 … 150 • 심정지 … 157 • 있는 모습 그대로 보는 것이란 … 161 • 서울역 … 163 • 삼각대처럼 살고 싶다 … 168 • 밥에 대하여 … 171 • 수면제를 모은 어머니 … 176 • 독방의 노인 … 183 • 장례식장 … 186 • 작별 … 189

1부

어디 또 불편한 데 없으세요?

약값이 없어요

"환자분 혹시... 아침부터 술 드시고 오신 건가요?"

"네, 그렇습니다. 선생님."

수염이 덥수룩한 사십 대 남성 환자가 고개를 푹 숙인 채 진료실로 들어왔다. 얼굴이 빨갛고 술 냄새가 풍겨오기에 여쭤봤더니 아니나 다를까 그렇다는 대답이 돌아왔다. 혈압 환자가 약 타는 날 술을 마시고 오시다니...

사실 이런 난감한 상황이 처음은 아니었다. 어제는 약을 이틀째 복용하지 않은 한 당뇨 환자가 사탕 여러 개, 믹스커피 두 잔, 과일 등을 먹은 직후 무려 오백이 넘는 식후 혈당으로 진료를 보러 오셨으니 말이다. 또 며칠 전에는 마찬가지로 높은 혈당으로 내게 한바탕 잔소리를 들은 한 젊은 환자가 진료실을 나간 후 보건소 로비에서 막대사탕을 꺼내 먹는 모습을 보기도 했다.

그것은 내 노력과 진심과는 무관한 일이었다. 내 설득과 필사적인 노력이 환자에게 전해지기를 늘 바라지만, 안타깝게도 그런 일이 자주 일어나지는 않았다. 나는 술을 드시고 온 혈압 환자에게 흥분할 뻔했지만, 아니 흥분했지만, 그래도 최대한 절제하려고 노력했다.

환자의 사연을 듣기 전까지 어떤 편견이나 선입견을 품어서는 안 된다. 그것이 의사, 환자, 그리고 진료실의 평화를 지키고, 모두에게 긍정적인 결과를 만들어내는 지혜라고 배웠으니까. 진료실은 그저 몇 마디 말만 주고받고, 아픈 배를 눌러보고, 청진을 하여 약을 주는 그런 간단한 곳이 아니라고도 했으니까. 병원은 처음 마주하는 두 인격체가 관계를 형성하는 곳이고, 가르침과 배움, 조언과 선택, 이성과 감정, 사건과 사연, 사람과 사람이 얽혀서 상호작용하는 곳이라 믿고 있다.

"혈압 환자가 아침부터 술을 드시고 오시다니요. 무슨 일 있으셨어요?"

"약값이 없습니다, 선생님."

그가 무뚝뚝하게 입을 열었다. 환자의 고개는 일관되게 바닥을 향해 있었다. 말끝마다 한숨을 쉬는 환자의 입에서 술 냄새가 풍겨왔지만, 아마 사연의 무게가 술 냄새보다 무거울 것이었기 때문에 개의치 않았다. 대화를 여기서 마무리하기엔 너무 찝찝한 상황이었다. 살랑이는 파도에 젖지 않기 위해 사뿐히 걷어 올린 바짓자락이 큰 파도 하나를 잘못 만나 이미 젖어버린 느낌이었다고 할까. 여러 생각이 스쳤다. 혈압약이 그렇게 비싼 약은 아닌데 그마저도 살 돈이 없으시다니. 과연 얼마나 어려우신 건지. 한 분 한 분의 이야기를 다 잘 들어드리고 싶은데 왜 하필 이런 사연 있는 환자분은 분주한 오전에 더 많이 계신 건지. 그렇게 정리되지 않은 생각들이 스쳐 가던 그때 환자가 말을 이었다.

"실은요 선생님. 오늘 아침에 일어나 보니 내 신세가 너무 초라해 보였습니다. 고작 두 달 치 혈압약 살 돈이 없다니 내가 너무 비참해 보였습니다. 내가 너무 안 돼 보였다고요. 그래서 술을 마셨어요. 이것이 뭐 잘못됐습니까?"

그는 훨씬 더 복잡했을 감정을 그렇게 단순하게 표현하고 있었다. 그의 표정은 연인에게 버림받은 뒤에 고독과 술에 잔뜩 취한 사람들의 그것과는 사뭇 달라 보였다. 뭐랄까, 언젠가 내가 가까운 친구의 얼굴로부터 봤던 패배감 비슷한 감정이 느껴지고 있었다.

당시에 그 친구는 혼자서는 감당하기 힘든 아주 커다란 일을 겪고 있었는데, 스스로를 향한 연민과 자책으로 그의 자존감은 철저히 짓밟혀 있었다. 그때 그는 이야기를 들어주는 내게 안겨 마치 동생처럼 울었었다. 이전의 나이와 직업 같은 것들은 아무 쓸모가 없었다. 그 순간만큼은 내가 형, 그는 동생이었다.

사십대 남성 환자의 표정은 그 친구의 것과 놀랍도록 닮아 있었다. 하지만 무턱대고 그분을 안아주거나 위로해줄 수는 없어서 답답할 따름이었다. 몇 년 전의 나처럼 함부로 형 노릇을 할 수가 없었다. 조심스러웠다. 내가 아는 형의 역할은 상황과 시기에 적절한 위로, 조언, 격려, 훈계 중 하나를 선택하여 동생을 챙기는 일이었지만, '내 신세가 초라하다'라는 몇 마디 말만 듣고는 제대로 된 형 노릇을 할 자신이 없었다. 확고하지 않은 훈계는 자칫 그의 마음에 더 큰 흉터를 초래할 수 있고, 진실하지 않은 위로는 연민 가득한 그의 마음을 더 큰 연민으로 내칠 수도 있을 테니까. 그의 말을 더 들어야 했다. 그는 혼자 사는 일용직 노동자라 했다. 날이 따뜻할 때는 일이 많지만 요즘과 같은 추운 겨울철엔 일을 구하는 일이 매우 어려워 종종 생활고에 시달린다고 털어놓았다.

그러고 보니 그의 몸은 사뭇 건장했다. 키가 컸고 몸은 온통 근육질이었으며 그가 오랜 시간 밖에서 힘쓰는 이임을 증명해 보이기라도 하듯 피부는 온통 까무잡잡했다. 일을 구하지 못해 약값조차 해결 못 하고 있는 한 중년 남성을 마주하며 많은 생각이 들었다. 어디서부터 잘못된 건지. 과연 이 냉랭한 현실이 그의 운 때문인지, 척박한 세상 탓인지, 아니면 어딘가에 있을 악한 사람들 탓인지 순간 판단되지 않았지만, 탓할만한 원인은 분명 있을 것만 같았다. 그의 사연을 듣고 보니, 아, 어쩌면 정말 술에 취할 수밖에 없는 상황이었겠구나, 하는 마음도 스멀스멀 올라오기 시작했다. 오전부터 술에 취해 내원한 환자분이 더는 밉지 않았다.

그러고 있자니 서서히 죄책감까지 들기 시작했다. 사실 내게는 얼마전까지 심각한 고민이 하나 있었다. 구세대 아이패드를 살지 가격이 두 배나 더 비싼 모양 잘빠진 신상 아이패드를 살지를 놓고, 이성적인 논리와 비과학적인 감정 그 중간 어디에서 긴 시간 동안 치열하게 고민하고 있었던 것이다. 그런 행복한 고민 가운데서 불행하게도 난 스트레스를 받고 있었다. 대가를 더 지불하고 신상을 사자니 생활 다른 부분에서 허리를 졸라매야 한다는 억울함이 나를 불행하게 만들 것 같았고, 구형을 구매하자니 내 만족감이 낮아질 게 뻔해 보였다.

물론 누구도 이런 고민을 했단 사실만으로 나를 탓할 수는 없을 것이다. 다만 약값이 없어 약을 복용 못 해 망연자실한 한 남성 환자를 바로 앞에서 경험하면서 내가 한없이 부끄러워졌을 뿐이다.

생각이 정리되지도 않은 찰나에 또 다른 죄책감이 밀려왔다. 바로 환자를 내가 연민의 눈으로 바라보고 있다는 사실이었다. 내가 뭐라고 그를 동정의 눈으로 바라보고 있는가. 내가 그이의 삶에 대해 얼마나 안다고 그를 불쌍히 여기고 있는가.

조금 전까지만 해도 그는 나와 비교할 수 없을 만큼 불행한 사람이었고, 난 그가 범접할 수 없는 행복한 사람이었다. 나는 최첨단 기계를 살지 고민하는 넉넉한 사람이었고, 그는 몇 푼도

안 하는 약값을 놓고 좌절하는 불행한 사람이었다. 하지만 잘 생각해보면, 나는 그 순간에도 그를 너무 내 멋대로 생각하고 있었던 것이다.

그도 누군가로부터 사랑받으며 자랐다고, 그의 미래는 오늘과 달리 행복으로 가득할 것이라고 그도 말하고 싶었던 것은 아닐까. 그도 평상시에는 술 마시고 약을 타러 올만큼 황당한 사람이 아니라고 나에게 증명해 보이고 싶었던 것은 아니었을까. 혀를 차며 그를 동정하던 내 마음을 누가 질책이라도 하는 것만 같았다. 그러고 보니 판자촌 출신의 한 유명인이 한 말이 생생하게 떠오른다.

"여러분, 가난한 사람 함부로 동정하지 마세요. 그들도 그들만의 낭만이 있고 행복이 있어요. 가난은 사람을 꼭 비참하고 불행하게 만들지 않아요. 그들을 있는 모습 그대로 바라봐주세요."

더는 형 동생 놀이를 안 하기로 했다. 그에게는 따끔한 훈계도, 동정의 눈길도, 어설픈 공감도 그 무엇도 필요하지 않았다. 나와 동등한 한 인격체로 대하는 것이 최선이었다. 난 그에게 다시 말을 건넸다.

“환자분, 지금 혈압이 너무 높아요. 지금 약을 살 돈이 없으면 제가 약국에 전화 넣어 둘게요. 오늘 급한 대로 약을 가져가시고 돈 생기면 그때 갚으시는 것으로요. 이래봬도 저, 요 앞에 약국 사장님이랑 친하거든요.”

환자는 만족했다. 그는 그제야 고개를 들고 나와 눈을 마주치더니 소심하게 고맙다는 인사를 건넸다. 그 짧은 순간에 긴 여행을 한 느낌이었다. 질책에서 연민으로, 다시 죄책감으로, 죄책감에서 더 큰 죄책감으로 가는, 마침내는 죄책감에서 반성으로 향하는 여행.

환자를 돌려보내고 다음 환자가 진료실로 들어왔다. 몸이 불편해 보이는 환자였다. 하지만 나는 다짐했다. 누군가를 함부로 동정하지 않기로. 그가 나보다 더 행복한 사람일 수 있다는 가능성을 열고 마주하기로.

술에 취한 아들

칠십 대 후반의 한 여성이었다. 그녀는 진료실 문을 여는 데까진 성공했으나, 내 옆자리에 환자를 위해 마련된 작은 원형 의자를 찾지 못한 채 촘촘한 걸음걸이로 애꿎은 벽을 향해 전진하고 있었다. 방금 진료했던 환자분의 약을 처방하고 의무기록을 남기느라 모니터만 응시하던 난 하마터면 그 조마조마한 장면을 놓칠 뻔했다. 진료실 벽에 부딪히기 일보직전이던 그녀가 다행히도 곁눈질을 하던 내 시야에 포착됐다. 난 급히 자리에서 일어나 그녀를 부축해 의자에 안전하게 앉혔다. 그녀는 시각장애인이었다.

"큰일 날 뻔하셨어요. 잘 안 보이시나 봐요. 어르신, 이 힘든 걸음으로 어떻게 오셨어요?"

말이 끝나기도 전에 그녀가 흥분한 목소리로 입을 열었다.

"선생님 좀 도와주세요. 내 아들놈 좀 도와주세요. 나이 오십 처먹은 아들놈이 술만 먹으면 난리를 쳐요. 지 새끼들이랑 마누라도 다 때리고 집에 있는 것들 다 부서 던지고. 너무너무 속상해서 와봤어요. 에휴... 그만 살아야지. 그놈 때문에 나도 우울증이 와서 약을 한 움큼 먹고 있어요. 아들놈 술 끊을 수 있는 좋은 약 좀 주세요."

알코올 중독자를 둔 어머니의 쏟아지는 심정. 좀 전까지만 해도 제 역할을 못 해 그녀를 곤경에 빠뜨릴 뻔했던 두 눈에 갑작스레 눈물이 고여 떨어지기 시작했다. 급히 준비한 휴지를 건네기도 전에 그녀는 본인의 손으로 두 눈과 뺨을 정처 없이 쓸어내리며 눈물의 흔적을 없애려 했다.

이곳에서 수많은 눈물을 봐왔다. 내 환자만 유독 눈물이 많은 것인지, 단돈 오백 원의 진료비면 누구나 이용 가능한 이곳 공공기관이 지닌 매력 탓인지, 어떤 따뜻한 분위기 탓인지, 분주한 가운데서도 그들이 하고자 하는 말에 귀 기울이려 내준 내 무언의 빈틈을 그들이 발견해서인지, 아니면 우연의 일치인지 알 수 없었지만.

환자분의 사생활에 관해 세부적인 사항은 알지 못했으나, 알코올 중독자가 되어버린 아드님으로 인해 매 순간 긴장과 고통 속에 있는 한 어머니의 앞에서 적지 않은 부담감이 밀려왔다. 해드릴 수 있는 것은 많지 않았다. 애초 당사자의 의지로 시작된 상담이 아니었고, 무엇보다 대화 속 주인공은 이 소통의 현장에 없었다. 알코올 남용 환자들의 금주를 돕고, 여러 금단 증상을 줄이는 다양한 약물은 내어드릴 수 있었으나 자세한 검사나 평가 없이 대리처방으로 이뤄지는 약물처방은 적절하지 않아 보였다. 그것은 신경정신과나 가정의학과, 또는 알코올 사용 장애 환자들의 입원 치료를 전담하는 시설에 의뢰할 문제였다.

"어머님, 힘들게 오셨는데 어쩌죠. 죄송하지만 이곳에서 크게 도움드릴 것이 없어 보여서요. 우선 아드님께서 직접 오셔야 어떤 일이라도 일어나지 않을까요?"

"안 돼요. 선생님, 뭐라도 도와줘요. 그놈은 여기 절대 안 올 거예요."

어쩔 수 없었다. 나는 전화기를 들고 이곳저곳에 물어보기 시작했다. 본원 삼 층에 있는 건강증진계와 정신건강계를 포함하여 이 일과 무관해 보이는 금연클리닉과 군청에서 별도로 운영하는 정신건강복지센터까지 모두 헛수고였다. 보건사업은 고령화 시대에 걸맞고 사회적으로 큰 이슈가 되는 치매사업 중심으로 운영되고 있었을 뿐, 이곳 지방에서 약물남용에 관한 의미 있는 사업은 추진되고 있지 않았다. 난 수화기를 내려놓고 무거운 마음으로 그녀를 다시 응시했다.

"어머님, 다 알아봐도 별 방법이 없네요. 이미 아시겠지만 아드님에게 진료를 받을 의지가 생기는 것이 제일 중요해 보여요. 경우에 따라 입원 치료가 필요한 상황으로 보이고요. 속상한 부분이나 여쭐 것이 있으면 언제든 이곳으로 전화 주세요. 큰 도움이 되지 못해 죄송합니다."

그녀는 대단히 실망한 눈치였다. 사연 많은 두 눈은 슬퍼 보였고 뾰족한 수가 없다는 나의 야속한 선고는 그 초점 없는 눈을 더 슬프게 만드는 것 같았다. 희망적이지 못했던 서너 통의 전화 내용을 내 옆자리에서 고스란히 들었기 때문일까. 조금 전보다 그녀는 더 체념한 것 같았다. 이미 알고 있던 뻔한 사실을 재차 확인함에 있어 다른 저항을 할 생각은 없어 보였다. 어머니는 자리에서 천천히 일어나시더니 그사이 방향감각을 다시 잃었는지 나를 등지고 벽을 향하여 고개 숙여 인사했다.

"고맙습니다. 선생님... 제 얘기를 들어주셔서 고맙습니다. 수고하십시오."

나가는 문이 어디인지조차 찾지 못하는 그녀를 부축하여 문 밖까지 함께했다. 그 뒷모습이 사뭇 쓸쓸하고 외로워 보였다.

가족을 향한 사랑은 때론 선택이 아닌 필수처럼 느껴질 때가 많다. 혈연으로 맺어졌기 때문에. 가족이기 때문에. 그래도 부모 자식이기 때문에. 불화로 가득하거나 가족으로부터 씻지 못할 상처와 흉터를 진 이들에게는 무자비한 이야기처럼 들릴 수 있겠지만 말이다. 가족은 어려운 것이다. 마냥 포기할 수도 자유롭게 사랑할 수도 없는 어려운 것.

주위를 돌아보면 한평생을 잔잔한 강물 위에서 평화롭게 노젓던 가정들도 예상하지 못한 갑작스러운 시련 한 번으로 무너지는 경우를 더러 볼 수 있었다. 그 풍파는 한 가정을 더욱더 굳건하게 세울 때도 있지만 그렇지 않을 때가 더 많아 보였다. 그럼에도 난 누군가에게 쉽게 나누지 못하는 저마다의 사연들이 필히 존재해야 하는 것일지도 모른다는 생각을 한다. 행복과 불행, 화평과 불화, 든든함과 외로움, 성공과 실패가 조화롭게 균형을 이루는 것이 생각 없던 어려 자아를 뒤돌아보게 하고, 철이 들도록 가르치고, 소소한 것들에 숨겨진 감사를 배우게 하고, 성숙함으로 도약할 기회를 주며, 가정을 가정답게 만드는 지혜를 선사하기 때문이다.

아직 해가 중천에 떠 있었지만, 보이지 않는 어두움이 어머니의 귀갓길을 더 길게 만들 것이 분명했다. 먼 길을 지나 집 문을 열면 술 취한 아들과 공포심으로 가득 찬 며느님과 손자들이 그녀를 기다리고 있을 것은 더욱 분명했다. 그 광경을 맞닥뜨린 어머니는 방 한편에서 우울증과 불안증에 대한 약 한 움큼을 넘길지도 모른다. 그리고 생각할지도 모른다. 조금 아까 말씀하신 것처럼. 그만해야지. 그만 살아야지. 쉽지는 않겠지만, 하루 빨리 아드님께 의지가 생겨, 그 가정에 긍정적인 변화가 일어나는 날이 오기를 진심으로 바랐다.

난 입원 못해요

오늘 한 오십 대 중년 남성 환자가 수개월 동안 지속된 기침과 가래로 내원했다. 그는 허리가 굽어 있었고 또한 많이 야위어 있었다. 한눈에 보아도 몸 상태가 매우 좋지 않아 보였다. 그는 내가 묻기도 전에 지난 몇 주간 가까운 의원에서 처방받은 감기약을 여러 차례 드셨지만 큰 효과를 보지 못했다고 털어놓았다.

난 여러 가지를 문진한 후 말을 건넸다.

"환자분, 가슴 사진 찍어보는 게 좋을 것 같아요. 이층 방사선실에서 검사 받고 오시면 됩니다."

난 긴말 없이 흉부촬영 검사 처방을 냈다. 그는 대답 없이 앉아있던 원형 의자에서 퉁명스럽고 무기력하게 일어나 진료실을 나가 이층 검사실로 향했다. 약 오 분이 흐른 뒤, 검사실에서 근무하는 방사선사가 촬영한 환자의 흉부사진이 내 진료 컴퓨터 화면에 올라왔다. 나는 바로 검사결과를 열어 보았다.

폐는 아수라장이었다. 영상의학과를 전공하지 않은 내 눈으로 봐도 일부 석회화를 동반한 다수의, 또 다양한 크기의 공동(cavity)성 병변이 상하좌우를 막론하고 전반적인 양폐야에 걸쳐 뚜렷하게 발견되었다. 그것은 명백한 활동성 결핵이라고 볼 수밖에 없었다. 약물 치료를 시작하기 전 상태의 활동성 결핵 환자라면, 비말로 전파되는 결핵균의 전염성이 매우 클 것이 분명했다. 난 그가 내려올 것을 대비해 마스크를 하나 꺼내 내 입과 코를 완벽히 밀착하여 가려 썼다. 그리고 보건소 로비에서 환자분의 접수와 수납을 도와드릴 공무원 두 분께도 주의할 것을 당부하며 마스크를 챙겨드렸다. 그 사이 그 환자가 이층에서 검사를 마치고 내려오는 것이 보였다.

"환자분, 결핵이 강력히 의심돼요. 지금 몸 상태가 좋지 않은 이유는 단순감기가 아니기 때문이라 생각돼요. 이곳은 결핵사업을 함께 운영하고 있는 공공기관이지만 병원은 아닙니다. 따라서 오늘 환자분이 내어주신 검체와 찍고 가신 폐 사진을 협진하는 전문의께 의뢰해서 그분의 소견과 확실한 진단을 기다릴 겁니다. 만일 결핵으로 확진되면 바로 치료 가능하도록 이곳에서 결핵약을 드릴거구요."

예상했지만 그는 내 말에 대답하지 않았다. 그의 표정은 여전히 통명스러웠고 검사를 시행한 단 몇 분 동안 그의 건강상태는 더 악화된 듯해 보였다. 이 일은 더는 개인의 일이 아니었다. 그가 결핵이 맞다면 그와 함께 사는 가족들과 그가 마주하고 대화하는 이웃들 모두 질병에 노출되어 있다는 뜻이 되기 때문이다. 난 그가 이 층 결핵사업실에서 이미 건네받은 결핵환자용 마스크 착용의 중요성에 대해 강력히 교육했지만, 그는 일관되게 내 말에 귀 기울이지 않았다. 난 그가 확진판정을 받을 때까지 필요한 하루 이틀의 시간 동안, 철저히 격리되어 전염으로 인한 더 큰 피해를 방지하는 일이 중요하다는 것을 그에게 계속 알렸다.

다음날 그는 중증 활동성결핵으로 확진되었다. 예상했던 결과이기에 놀라운 일은 아니었다. 원격으로 협진하는 영상의학과 및 호흡기내과 전문의 선생님들도 속히 병실을 갖춘 상급병원에 입원 및 격리하여 경구 약물치료를 시작하기를 권유한다는 소견을 내놓았다. 보건소 결핵 사업팀에서는 확진된 그를 급히 소환했다. 진료실에 다시 내원한 그는 다행히 어제와 달리 올바르게 마스크를 쓰고 나타났다. 애꿎은 감기약만 처방하던 동네의원과 달리 자신을 괴롭혔던 질병의 정체와 원인에 대해 속 시원히 밝혀 줘서였을까? 아니면 그가 나을 수 있는 방향을 제시하는 이 곳에 대한 신뢰가 생겨서일까? 그는 여전히 날 경계하고 있었지만, 그의 행동과 눈빛은 어제보다는 조금 더 적극적이고 생동감 있게 보였다. 난 결론부터 얘기했다.

"환자분, 많이 힘드실 거라 생각돼요. 하지만 전염성이 높은 상황이고, 보다 안전한 치료를 위해 즉시 입원 및 격리치료를 시작하셔야 합니다."

난 그에게 뻔하기도 하지만 최선이기도 한 방향을 제시했다.

"안 됩니다. 입원할 순 없어요."

그는 마치 예상이라도 했던 것처럼 신속하고 단호히 답했다. 나는 입원을 거부하는 그의 의사를 확인하는 순간 대화가 길어질 것을 직감했다.

"어떤 이유로 입원을 거부하시는 건가요?"

"내가 애가 셋인데 내가 입원하면 돌봐줄 수 있는 사람이 없어요. 애들 할아버지와 같이 사는데 그 양반은 매일 술 취해서 애들을 돌봐줄 수 없어요."

그의 눈빛은 설명하는 내내 정의로움이나 사명감 비슷한 것으로 가득 차 있는 것 같았다. 오십 대 중반을 바라보는 그에게 초등학교 입학을 앞둔 첫째와 그 밑으로 두 아들이 더 있다는 사실은 그가 늦은 나이에 가정을 꾸렸다는 것을 짐작케 했다. 따로 여쭙진 않았지만 본인 외에 아이들을 돌볼 사람이 없다는 것을 봐선 아내분과 함께인 것 같진 않아 보였다. 그의 지금 상황에 대해 더 여쭙고 싶었지만 참았다. 먼저 마음을 열어 나누지 않은 상대방의 사연에 대해 알고자 하는 내 노력은 그와의 관계에 있어서 그다지 좋을 것 같진 않았기 때문이다. 그가 나눈 만큼에 대해서만 반응하는 것이 그를 향한 배려라 생각되었기에, 퉁명스럽고 듣기 거북한 그의 말투에 오직 기다림으로 반응했다.

그는 본인을 무직이라고 소개했다. 일과 사회생활을 하고 있지 않으니, 외출할 일도 거의 없다며 나의 염려로부터 본인을 애써 방어하려 한 것이다. 그리고 이층집에 산다고도. 아래층은 주로 아버님이 쓰시고 환자분과 아이들은 위층에서 지낸다고 했다.

여러 공간으로 나뉜 복층형태의 주거 환경이라면, 집에서 어느 정도는 자가격리가 가능할 것 같았다. 최악의 상황은 아니구나 싶었다. 입원할 의지가 없는 그와 그의 가정에, 불행 중 다행인 소식이라고 생각됐다. 내 시선을 피하던 그는 어느새 내 두 눈을 똑바로 응시하며 자신의 이야기를 가감 없이 나누기 시작했다. 짧았지만 그와 사적인 얘기를 나누며 난 그를 깊이 이해하게 되었다. 어린 세 아이의 가장으로서 견뎌내야 할 삶의 무게, 동시에 알콜 중독자인 노부를 둔 아들로서의 복합적인 심정, 맡겨진 일도 마주할 친구도 없는 적적한 일상, 그리고 지니게 된 감염병으로 인한 육체적 고통까지. 스스로 선택한 삶의 모습은 아니겠지만, 그에게 주어진 것들의 무게가 내게 고스란히 전해지는 것만 같았다.

마스크도 쓰지 않은 채 입원을 거부하는 그를 보며 주변 이웃에게 이차적 피해를 입힐까 노심초사했던 내 마음은 의사로서 당연한 것이었으나, 그렇다고 그것만으로 환자를 인격적으로 대했다고 말할 수는 없었다. 한 전염병의 심각성을 충분히 전해 듣고도 입원치료를 거부하는 그의 단호한 대답은 처음엔 표면적인 핑계라 여겨졌지만, 여러 감정과 상황이 얽혀 있는 사연들이 그의 대답을 입체적으로 만들고 있었다.

환자분은 결핵약을 복용하기 시작한 후에도 내게 세 번이나 더 찾아왔다. 약제 내성균의 가능성과 약을 시작하며 상승할 수 있는 여러 항목에 관한 추가적인 검사를 하기 위해서이기도 했지만, 그는 내가 주는 기침약이 잘 들어 더 타러 왔다며 내게 마음을 열은 이처럼 행동하고 말했다. 다행히 그의 몸 상태는 많이 좋아졌고, 긴장 가득했던 나와의 관계도 느슨해졌다. 추후 검사에서도 함께 거주하는 그의 자녀들과 할아버지는 전염되지 않은 것을 확인할 수 있었다. 의사와 환자로서 서로 다른 입장과 관점을 갖고 있었던 그와 나였지만 어느새 그 차이가 좁혀진 것만 같아 마음이 가벼워졌다.

때론 무척이나 다양하고도 다른 사람들이 함께하는 이 세상이 유난히 더 크고 넓어 보일 때가 있다. 모든 게 다 다른 사람들이 같은 시간과 공간을 살아간다는 것, 그것은 좀처럼 쉬운 일이 아니다. 한 가정 안에서의 다름도 맞추기 어려워하는 우리의 모습을 바라볼 때면 그런 생각이 더하다. 서울이란 조그만 도시에 살면서도 우린 얼마나 다른 가치관으로 얼마나 다른 것들을 좇으며 살아가고 있나.

하지만 이런 다양한 인격을 지닌 사람들에게도 공통되게 적용되는 단순한 몇 가지 원칙과 사실이 있다. 그것은 바로 한 사람을 향한 칭찬과 격려, 공감과 위로, 배려와 인내, 용서와 사랑이 그 사람을 살린다는 사실이다. 이 원칙에 이견이 없다면 그 반대로 한 인격을 향한 모욕과 비난, 질투와 시기, 분노와 저주, 미움과 증오는 그 사람을 죽이고 파멸시킨다는 단순한 진리에도 별다른 의견충돌은 없으리라 믿는다.

난 선한 성품을 지닌 사람으로 살기 위해 내 양심과 신앙이 허락하는 만큼의 기준을 무의식적으로 정한다. 바로 '사랑은 사람을 살리고, 미움은 사람을 죽인다'라는 화려하지 않지만 소중한 기준이다. 그 기준을 토대로 한 사람이 가진 상황과 처지를 전인격적으로 이해했을 때 나오는 어떤 결과. 난 그것이 삶을 더 설레고 생기 있게, 지혜롭게, 의미 있게 만드는 것이라고 생각한다.

오늘 하루를 되짚어보니 문득 뿌듯해진다. 거의 죽은 사람을 살려내거나 환자 앞에서 영웅적인 행동을 한 것은 아니었지만 말이다. 좀처럼 좁혀질 수 없을 것 같았던 이웃과 소통하고 마음으로 함께할 수 있었다는 것, 소박한 하루를 의미 있게 살았다는 것만으로도 마음이 따뜻해지는 것이다.

약을 복용하지 않는 청년

나른하던 어느 오후 한 젊은 환자가 진료실 문을 열고 들어왔다. 보건소에 정기적으로 내원하는 사람들 중 가장 젊은 이십대 중반의 환자였다. 불과 일 분도 지나지 않아 내 언성이 높아졌다.

"이러다 정말 큰일 나요! 나중에 투석하게 되면 어떻게 감당하려고 이래요! 자꾸 거짓말하지 말고 정신 차려요!"

무례해 보일지 모르겠지만, 이 말을 하기까지 무려 팔 개월을 참아왔다. 이 젊은 환자는 중학생 때부터 고혈압과 당뇨병을 앓아온 분이다. 매번 무기력한 표정을 지었고, 죄지은 사람마냥 어깨를 잔뜩 움츠리고 있었다. 난 그와 짧게 눈을 마주치고 진료 컴퓨터 상단에 띄워진 혈압과 혈당 수치부터 급히 확인했다.

혈압 153/100, 식후 두 시간 혈당 370.

환자는 약을 수일 동안 복용하지 않은 것 같았다. 혈압은 늘 높았고, 당화혈색소는 이미 먹는 당뇨약으로는 조절이 안 되어 인슐린 주사치료와 입원 치료가 필요할 정도로 높은 수치를 유지하고 있었다. 세 배 이상 오른 간수치는 음주의 가능성이나 지방간과 같은 질환을 의심케 했다.

평소에도 늘 신경 쓰이던 환자라 수년 전 진료기록을 미리 숙지하고 있었다. 전임자가 처방한 약은 매번 불규칙하게 복용하거나 복용하지 않을 때가 많았고, 본인 생활습관에 대한 거짓말을 늘상 해온 분이었다. 나와 전임자는 먹는 약이 치료가 될 수 없는 제 일형 당뇨병의 가능성, 합병증 검사의 필요성, 그리고 약물 조절의 목적을 위해서 환자분께 상급병원으로 내원하시기를 적극 권했지만, 환자는 매번 가정의 불화, 직장, 경제적인 사유 등으로 내 제안을 거절했다.

그는 늘 거짓말을 했다. 약을 두 달 치 타고 가서 넉 달 만에 찾아와서는 매일 복용했다고 하시질 않나, 빼먹은 저녁 약을 복용했다고 시치미를 떼시질 않나. 처음엔 술 담배를 하지 않는다 했지만, 끈질긴 나의 문진 끝에 거짓이었음을 실토하시기도 했다. 그의 대답이 거짓말이라고 확신하는 나의 태도에 대한 정당성이나, 그가 내 의심에 해명해야 할 법적 의무는 없다는 것을 잘 알고 있었지만, 오늘은 평소보다 무엇인가를 더 해야 할 것만 같다고 생각했다. 의사와 환자의 역할이 어디까지 분리돼 있고, 건강에 대한 개인의 의지와 자유에 대한 경계선이 어디까지인지가 순간 판단되지 않았으나, 오늘만큼은 그냥 돌려보내면 안 될 것 같아 평소보다 목소리를 높인 거였다.

"지금 보건소 내원하는 모든 분 중에 환자분 건강이 제일 안 좋은 거 알고 있어요? 젊은 나이에 이렇게 관리하면 이후에 투석하거나, 심장이 망가지거나, 다리가 썩을 수 있다는 건 아시죠? 평생 투석하느라 적지 않은 분들이 우울증으로 고통받고 있다는 거 아시나요? 저한테 자꾸 거짓말하시면 환자분을 도와드릴 수 없습니다."

그는 고개를 떨어뜨린 채 바닥만을 응시하고 있었다. 기가 죽어 있는 그의 모습이 안쓰러웠지만, 수년간 악화된 그의 건강과 변화 없는 그의 태도를 다시 떠올리니 내가 쏟아낸 몇 마디가 오히려 부족하게 느껴졌다.

한 사람의 의지와 마음이 도대체 무엇 때문에 그토록 요지부동인지 궁금했다. 얼마 전에 직장에서 급여를 못 받았다는 이유로 삶의 의미를 잃어서인지, 자신의 건강을 그다지 신경 쓰지 않는다는 부모님의 사랑과 관심이 부족해서인지, 우울한 투석 생활보다 더 고통스럽고 비참한 사연이 있어서인지, 아니면 한 질병이 초래하는 합병증이 현실에 던지는 혹독한 대가가 헤아려지지 않아서인지 알 수 없었으나, 그는 변하지 않았다. 아니, 변할 기미조차 보이지 않았다. 이 젊은 환자에게 건강해지고 싶은 의지가 생기지 않는다면, 그는 머지않아 만성질환이 주는 합병증으로 인해 고된 투병 생활을 맞이하게 될 것이 분명했다.

하지만 나는 여전히, 선한 동기로부터 출발한 한 사람의 의지는, 분명 선한 결과를 낼 것이라 믿고 있다. 물론 우리 삶은 탓할 것들로 넘친다. 무수한 변수, 계속 널뛰는 흐름, 이웃의 이기심, 음울한 날씨, 거친 말, 적거나 없는 보상 등, 탓할 수 있는 건 너무도 많다. 그러므로 통제 불능한 환경적 요소를 거듭 통제하려는 노력보다는, 통제 가능한 나의 내적 의지를 부단히 다듬는 것이 삶의 파도를 즐길 수 있는 더욱 효과적인 지혜가 아닐까.

진료실 문을 나가는 환자의 뒷모습을 물끄러미 응시하며 스스로에게 물었다. 나의 의지는 과연 선한 것인지, 내가 발휘하는 의지는 삶에 있어서 성숙한 의지인지, 내가 개발하는 의지는 자신을 넘어 이웃과 사회와 국가를 죽이는 의지인지, 아니면 그 모두를 살리는 생명력 있는 의지인지. 난 쉽게 답할 수 없었다. 어려운 질문을 스스로에게 던지며 나의 작은 의지를 되돌아봤다.

오늘 내가 만난 젊은 환자가 보여준 태도는 내 생각을 여기까지 이끌었다. 건강해지고자 하는 동기가 생기지 않는다면 그는 약을 규칙적으로 복용하지 않을 것이다. 약을 복용하겠다는 의지가 생기지 않는다면 그는 건강해질 수 없을 것이다.

다음에는 꼭 그가 변화된 마음과 함께 문을 열고 들어왔으면 좋겠다.

위로

진정한 위로란, 낼 힘조차 없는 당신에게 힘내라는 말 대신 네 곁에 있겠다 말하는 일. 나의 말을 줄이고 당신의 소리에 귀 기울이는 일. 죽지 못해 사는 당신에게 살아 견승하라는 말 대신 변함없이 사랑한다고 속삭여주는 일.

시비를 가리기 전 당신 편이라고 먼저 확신을 주는 일. 연락 좀 하라는 말 대신 연락하겠다고 말하는 일. 당신의 눈물 한 방울 앞에서 나의 것 두 방울을 흘리는 일. 드러난 당신의 수치 앞에서 더한 나의 수치를 공유하는 일. 큰일이라며 당황한 당신에게 그럴 수도 있다고 안심시켜주는 일.

괜찮냐는 물음 대신 분명 괜찮을 거라 단언해주는 일. 그런 일 갖고 그러냐는 말 대신 그런 일 갖고 오느라 애썼다고, 대견하다고 말해주는 일. 당신 마음이 와르르 무너질 때 내 작은 마음을 지켜 당신 기댈 곳이 되어주겠다고 말하는 일.

사랑한다고 말해주는 일.
당신 곁에 함께하겠다고 말하는 일.

내 아내랑 며느리예요

봄바람이 솔솔 불던 화창한 평일 오후, 치매를 앓고 있는 팔십 대 초반의 남성이 진료를 보러 오셨다. 이곳 보건소에서는 가까운 의료원에 계신 정신건강의학과 교수님과 연계하여 매주 영상통화를 통한 치매 원격진료를 시행하고 있다. 환자분은 매번 약물 처방과 치매 진료를 받기 위해 본원에 방문하는 분으로 내가 잘 아는 분이었다. 노인장기요양 의사소견서를 발급받기 위해 오신 참이었다.

"안녕하세요 선생니임… 충성!"

불안정한 걸음걸이로 내원한 그가 푹 눌러쓴 모자를 공손히 벗고는 허리를 숙여 내게 먼저 인사를 건넸다. 늘 그랬듯이 그는 떨리는 오른손을 그의 오른쪽 눈썹 끄트머리에 가져다 대며 해맑은 표정으로 내게 힘찬 충성을 외쳤다.

그의 모든 것은 매번 정돈되어 있지 않았다. 행동, 말투, 옷차림, 분위기는 늘 평범함에서 조금씩 어긋나 있었으나 그는 중증 치매환자였기에 이 모든 것이 직원들에게 큰 불편함으로 다가오지 않았다. 오히려 기억장애란 불치병을 마주한 한 노인의 투병생활 가운데 그가 보여준 삶에 대한 긍정적 자세는, 보는 이들에게 잔잔한 감동과 미소를 선사하곤 했다.

팔십이 넘은 어르신이 내게 그리 공손히 인사를 하는 상황은 좀처럼 적응되지 않았다. 흰 가운만 벗으면 삶의 경험이 부족한 젊은이에 불과한 것을, 목에 두른 청진기만 내려놓아도 가정을 이루거나 자녀를 양육해본 적 없는 해맑은 청년에 불과한 나를 향한 어르신의 격식 차린 인사는 내게는 무척이나 과분한 것이었다. 업무의 연속성을 위하여 앉은 채로 어르신의 인사를 정중히 받아냈지만, 내 마음 한편에 모호한 죄책감이 찾아오는 것만 같았다.

"충성! 어르신, 근데 오늘은 함께 오신 분이 있으시네요."

늘 혼자였던 그의 뒤로 두 사람이 함께 진료실로 들어왔다.

"네... 제 집사람이랑... 며느리예요."

느린 말투 탓에 그는 가족 두 분을 간단히 소개하는 데에도 꽤 오랜 시간을 썼다.

시선을 돌려 소개된 어르신의 가족 두 분을 바라보았다. 옆에 계신 두 분이 아내분과 며느님일 줄은 예상치 못했기에 순간 적지 않은 충격이 밀려왔다. 아내분이 걸친 고급스러운 밍크코트와 며느님이 신은 세련된 힐은, 할아버님의 허름한 옷차림과 격식 없는 미소와는 극명하게 대조되고 있었다. 그 현장은 내가 잘 안다고 생각한 한 사람에 대한 굳은 이미지를 산산조각으로 깨뜨렸다. 일 년 동안 그를 뵈어오며 잘 안다고 생각했던 나의 교만을 누가 지적이라도 하는 듯, 그에게 미안한 마음이 생졌다.

아내분과 며느님은 팔짱을 끼고 노인장기요양 의사소견서를 작성하는 나의 모습을 말없이 응시했고, 그 옆에 계신 할아버님은 그저 해맑게 웃으며 잘 부탁한다는 말만 내게 전했다. 차가운 아내분의 시선을 덜 차갑게 하기 위해 난 그녀에게 말을 건넸다.

“어머님, 아버님께서는 집에서 잘 지내시나요?”

그건 내가 미처 확인할 수 없는 일상적인 부분에 대한 질문이었다.

“사실 이이가 얼마 전 대학병원서 말기 신장암을 진단받았어요. 살 날이 얼마 남지 않았다네요. 얼마 전에는 가출해서 길을 잃은 걸 누가 신고해줘서 경기도에서 찾았지 뭐예요.”

그녀의 말투는 딱딱했고 표정 변화는 없었다. 기대치 못한 무거운 대답에 진료실의 분위기는 더 혼란스러워졌다. 난 다시 치매 환자분을 바라보았다.

그의 겉모습은 그를 정확하고 온전하게 설명하지 않았다. 매번 입고 오시는 허름한 고동색 외투, 심한 기억장애, 소극적 발걸음, 어눌한 말투, 세상의 속임수와 공격에 취약할 것만 같은 수수한 미소 등, 그의 외모는 그를 정의하고 있었으나 그것은 극히 일부만을 나타내고 있었다. 그의 겉모습은 한 사람이 부단히 살아내며 축적해온 경험과 연륜, 상처와 내적 상태, 정직과 거짓됨, 재산, 관계, 꿈과 계획 등을 온전히 설명하지 못했다. 외적 요소들은 전인격적인 한 사람이 보낸 세월이나 마주한 사연들 속에서 겪어온 감정들을 고스란히 담아내거나 해석하지 못했다.

난 치매 환자분들을 대면하며 그 난치병 뒤에 감쪽같이 가려진 본 모습에 대해 고민해봤다. 나는 종종 사람의 겉모습 안에 감춰진 내면을 간과하고 쉽게 판단하지 않았는지. 한 인격을 구성하는 성품, 인품, 의지, 감정, 성격 등과 같은 내적인 것들을 깊이 고려해 왔는지. 우리가 함부로 범접할 수 없는 수준이나 실력의 경지에 오른 이들을 만날 때나, 내가 이득을 취할 수 있는 이들과 대면할 때의 우리의 태도와 다르지 않았는지. 화려한 겉모습을 지닌 이들과 어울리는 그 짧은 순간에 수십 개의 계산과 판단이 우리 마음을 변덕스럽게 하지 않았는지.

진료실을 떠나는 환자분의 뒷모습이 해맑아 보였다. 본인이 살아온 세월은 기억하는지, 말기 신장암으로 기대여명이 얼마 남지 않은 사실은 아시는지, 자녀분들은 알아보는지, 지켜온 신념과 가치들은 그의 가슴 한편에 아직 자리 잡고 있는지가 궁금했으나 알 방법은 없었다. 난 그가 입은 남루한 외투로 인해 그의 인격이 무시 받지 않기를 바랐다. 그리고 그의 여생이 행복하기를 진심으로 바랐다.

정신과나 가래요

의과대학 본과 3학년, 정신건강의학과 임상실습을 돌 때였다. 그때 우리 학생들에게 맡겨진 임무는 교수님께 외래 진료를 보기 위해 내원한 초진 환자를 상세히 예진해서, 교수님의 진료가 용이해지도록 돕는 일이었다.

정신건강의학과는 과 특성상 환자분들의 일생에 대한 전반적인 배경을 파악하는 일이 중요하다. 그날도 환자 한 분을 맞을 때마다 이십 분 이상의 시간을 투자해가며 교수님이 요구하시는 상세한 예진을 진행하고 있었다. 아직 환자를 마주하는 일조차 어색한 학생에 불과했지만, 환자분들의 신뢰를 잃을까 애써 능숙한 말투로 다음 환자를 부르곤 했었다.

"다음 분 들어오세요!"

그리고 그때 한 중년 여성의 환자분이 예진실로 들어왔다. 그 방엔 환자와 나, 둘뿐이었다. 어색한 정적으로 방 안이 채워지려던 찰나에 다시 입을 뗐다.

"안녕하세요, 무엇이 불편해서 오셨나요?"

내 두 손은 이미 키보드 위에 올라가 있었다. 환자가 하는 말을 하나도 빠짐없이 받아 적어, 백 점짜리 예진표로 교수님께 좋은 점수를 받기 위해서였다. 그때 환자가 기다렸다는 듯이 의자를 당겨 가까이 앉더니 격양된 목소리로 대답했다.

"선생님, 저 좀 도와주세요! 침 삼킬 때마다 입에서 회오리바람이 불어요!"

입에서 회오리바람이 분다니. 순간 두 귀를 의심했지만, 확신에 찬 말투와 억울함 가득한 그녀의 표정을 보니 그 의심이 사라졌다. 예진표 가장 윗부분에는 환자가 가장 불편해하는 주된 증상을 적는 주소(chief complaint)란이 있다. 그 칸은 어려운 의학용어를 적어 넣어도 되지만, 환자분이 직접 말한 증상을 문자 그대로 옮기는 것도 가능하다. 난 고민하다 후자를 택했다.

Chief complaint: 침 삼킬 때 입에서 회오리바람이 불어요.

"좀 더 자세히 설명해 주시겠어요?"

"제가 일 년 전부터 이런 증상이 있었어요. 어쩌다 침을 삼키면 글쎄 목구멍에서 회오리바람이 치는 거 있죠. 그 순간 막 턱도 나가요. 회오리바람이 잠잠해지면 턱도 돌아오구요. 저도 처음엔 믿기지 않았어요. 그런데 날이 갈수록 증상이 심해지더라구요. 애 아빠랑 아들놈은 믿어주지 않아요. 지금도 신경과 갔다가 이상 없다며 정신과로 보내진 거구요. 선생님도 제 말 못 믿으시는 거 아니죠? 못 믿으시면 지금 보여드릴게요. 소리를 잘 들어보세요!"

이런 경험이 처음이라 혼란스러웠지만 그래도 예진표는 작성해야 했다. 난 환자를 응시하며 동시에 티 나지 않게 환자가 한 말을 빠르고 부드럽게 자판에 옮기기 시작했다. 그리고 환자분을 다시 응시했다. 그때 그녀는 억울한 표정으로 침을 여러 번 삼키기 시작했다. 그러고는 격해진 감정으로 내게 보챘다.

"지금 목구멍에서 회오리바람 소리 나는 거 들었죠? 선생님도 들으셨죠? 왜 제 말을 안 믿으세요!"

그렇게 당황스러운 예진이 끝나고 며칠이 지나서야 난 환자분이 외래에서 조현병으로 진단받았다는 사실을 알게 되었다. 조현병은 우리가 소위 잘 아는 정신분열증과 동일한 것으로, 문자의 어감과 그로 인해 초래된 사회적 편견을 개선하기 위해 수년 전 새로 개명된 진단명이다. 마치 정신과가 정신건강의학과로 개명되었듯이 말이다.

수 년 전 일이지만, 가끔 정신건강의학과에 내원하는 주변 내 지인들을 볼 때면 그 환자가 생각난다. 내 어리바리했던 학생시절의 첫 정신과 환자였기 때문이다. 그 외에도 폐쇄병동에서 만났던 환자분들에 대한 기억도 생생하다. 손목을 칼로 그어 자살시도를 했던 여대생, 이십 년 전 헤어진 첫사랑이 자신을 못 잊어, 현처와 이혼 준비 중인 것이 확실하다며 색정망상을 보이던 한 조증 환자, 환청과 환시로 겁에 질려 폭력성을 보였던 분 등등, 그때의 기억이 아직도 생생하다. 그럼에도 그분들은 발현된 증상이 남보다 덜 평범했을 뿐, 내가 이전에 생각했던 것보다는 훨씬 정상적이었다. 난 그들과 차 한 잔 놓고 서로의 사적인 얘기를 나누고 산책을 했다. 많은 환자는 규칙적인 약물 복용과 다양한 사회복지 프로그램을 포함한 의료진의 세심한 관심을 통해 금세 회복되기도 했다.

오늘 보건소에도 정신과적 문제를 보이는 한 중년 여성 환자가 내원하였다. 두 달 전 밤마다 숨이 차는 증상으로 이미 내원했던 환자였다. 보건소에서 시행한 신체 진찰, 피검사, 흉부 직촬 소견은 정상이었다. 난 환자분에게 만성폐쇄성폐질환, 심부전, 천식 등으로 인한 호흡부전의 가능성을 설명 드리며 상급병원에 꼭 내원하실 것을 권유 드렸었다. 그 후 정기적인 약을 타러 두 달 만에 다시 내원했던 것이다. 진료실로 들어오며 그분이 입을 열었다.

"선생님, 사실 저 어제 새벽에 또 숨차서 속초 응급실에 실려

갔었어요. 자는데 숨이 안 쉬어지더라고요."

안색이 너무 안 좋아 보였다. 난 다시 문진하기 시작했다.

"놀라셨겠어요. 지난번도 숨차서 한번 뵈었는데 고생 많으셨네요. 그래서 응급실에서 어떤 소견 들으셨어요?"

난 이 일이 더 이상 보건소와 같은 일차 진료기관의 능력 밖인 것을 알면서도 여쭸다. 물론 원망 섞인 긴 이야기보따리가 풀릴 것은 짐작하고 있었다.

"글쎄 이것저것 검사할 줄 알았는데 간단히 피 뽑고 하더니 정신과나 가보라는 거 있죠. 얼마나 무성의하던지. 이것저것 설명도 안 해주고 말이에요."

그제야 난 지난번 환자를 처음 뵈었을 때 정신과적 문진을 하지 않은 것을 기억했다. 그리고 그 자리에서 다시 문진을 시작했다. 그녀는 생활고로 최근 스트레스가 심해졌고, 매사에 불안하다고 했으며, 매번 숨이 차는 증상이 죽을 것 같은 두려움과 함께 발현된다 했다. 최근에는 따님과 설악산 케이블카를 타러 갔을 때도 증상이 나타났다고 했다. 일시적인 현상일 수 있다 생각하면서도 순간 내 머릿속에 공황장애나 불안장애와 같은 정신과 질환이 떠올랐다. 더군다나 어제 응급실에서 시행한 심전도, 가슴사진, 피검사 등 기본적이지만 여러 질환을 감별하기에 중요한 검사상 이상이 없었으니 말이다. 마침 환자가 끊긴 터라 난 시간을 내어 환자분께 설명드렸다.

"정신과나 가보라는 말에 서운하셨군요. 그 마음 이해해요. 그래도 의료진들이 하루에도 수백 명의 응급환자를 진료하는 팀인데 다 이유가 있어 그리 말한 것일 거예요. 제가 지금 얘기 나눠보니 환자분께서 정신과 진료를 꼭 보시면 좋겠어요. 미리 걱정 마시고 병을 찾아가는 과정이라 생각하시면 마음이 편할 것 같은데요?"

본인 이야기를 한바탕 끝내서인지 아니면 내 얘기가 설득력 있어서였는지, 환자분은 침착하게 내 얘기를 들었다. 그리고는 갑자기 무엇이 걱정되었는지 내게 질문하셨다.

"선생님, 그럼 정신과 환자 딱지 남는 거 아니에요? 저 혹시 정신과질환 환자 되면 어떡해요?"

난 주저 없이 바로 대답했다.

"제 친척과 친한 친구 중에도 정신과 질환 갖고 있는 사람 많은데요. 창피해할 일도 딱지 남아서 손가락질 받을 일도 절대 아니에요. 더군다나 요즘은 솔직함이 최고인 시대 아닌가요. 자연스런 질병 중 하나로 여기시고 치료받아 건강 되찾는 게 가장 중요한 일 아니겠어요?"

며칠 전에도 건강염려증이나 강박성 인격장애가 의심되는 다른 한 중년 여성이 내원했었다. 기침, 가래를 주소로 내원한 환자분은 내게 종종 감기약을 타갔다. 그런데 어느 날부터 증상도 없는데 내게 계속 감기약을 달라고 하는 것이 아닌가. 평소에도 극심한 초조함을 보이셨고, 했던 질문을 계속 되풀이하여 소통이 불가한 지경까지 이르렀으며, 나오지도 않는 기침가래를 증명해 보이겠다며 내 앞에서 몇 번이고 큼큼거린 적이 한두 번이 아니었다. 최근에는 안심하시고 돌아가시라는 나의 말에도 진료실을 한참동안 나가지 않으셨다.

사회는 아직도 정신과 질환자에 대한 편견과 잘못된 인식을 많이 갖고 있다. 우리는 아직도 정신과 질환에 대해 잘 모르고 있다. 예를 들면 이런 것들이다. 우울증은 우울할 만한 일이 있어야 생긴다. 정신질환자는 난폭하니 폐쇄병동에 평생 가둬야 한다. 정신질환은 마음의 병이다. 이것들 중에는 논란이 있는 것들도 많지만, 대부분 편견이고 잘못된 견해다.

정신질환이 급증하는 이 시대에 우리가 가장 먼저 해야 할 일은 바로 정신질환을 정신병으로 보지 않는 것이다.

편견과 오해를 버려야 하는 것이라 믿는다. 그래야만 올바른 출발이 가능하다. 난 이 글이 그들을 동정의 눈으로 바라봐야 할 대상으로 비추지 않기를 간절히 바란다. 특별하고 조심스럽게 접근해야 하는 대상으로 묘사하는 것은 더더욱 아니다. 흔한 감기나 그보단 덜 흔하지만 누구나 두려워하는 암처럼, 자연스러운 질환임을 얘기하는 것이다. 무슨 병이든 내가 아파보면 정말 아프다. 그 병이 꼭 시한부 판정을 받을만한 죽을병이 아니더라도 말이다. 아플 때가 가장 서럽다는 그 흔한 속담은, 내가 아파보면 무척이나 공감되는 명언이다. 그 아픔이 흔한 감기에 불과할지라도 말이다.

오늘 내가 진료했던 환자도 '정신과나 가보세요' 라는 말을 듣고 속상해했다. 그것도 의사한테 들은 말을 듣고 말이다. 배려와 사랑이 빠진 진료는 환자들의 마음을 더 아프게 할 것이다. 여러 이야기를 뒤로하고 난 공황장애가 의심되는 그 환자분이 꼭 정신과 진료를 받으시면 좋겠다. 누가 알까. 그 일이 앞으로 밤에 숨차서 응급실에 실려 가는 일을 막아줄 수 있을지.

검사기기 좀 똑바로 관리하세요

해가 일찍 지는 초겨울 저녁, 퇴근을 5분 앞둔 순간이었다. 그때 별안간 진료실 문이 노크도 없이 덜컥 열렸다.

"아휴 참, 여기 검사기기 좀 똑바로 관리 해야겠어요! 나원참!"

오늘 낮에 97세 노모를 모시고 진료실을 다녀갔던 한 여성이 저녁에 다시 돌아와 내게 내뱉은 말이었다. 그녀의 표정은 글로 설명하기 힘들만큼 사나웠다. 극도의 짜증이 배어 있었고, 불신과 원망이 섞여 있었으며, 날 향한 배신감도 가득해 보였다.

상황은 이러했다. 어머님을 요양병원으로 모시려면 신체검사서가 필요했는데, 그를 발급받기 위해 내원했던 그분은 오늘 오전 기대치 못한 얘기를 들으셨다. 다른 여러 가지 검사는 정상이었으나, 시행한 흉부촬영에서 폐종양이 의심된다는 영상의학과 전문의이자 협진의의 판독이 있었다고 말씀드린 거다. 폐 우상엽에 경계가 불규칙하지만 크지 않은 정체불명의 음영이 짧은 나의 의학지식을 통해서도 보였다. 난 따님께 먼저 최근 폐 CT 촬영을 한 적이 있었는지를 물었다. 기억이 가물가물하다며 따님은 그 자리에서 전화기를 꺼내 가족들에게 알아보는 듯했으나, 끝내 알아내지 못했다. 할머님은 본인이 진료실에 왜 있는지 모르시는 눈치였다. 난청 때문에 대화에 참여할 수 없었고, 나와 따님 사이에서 어떤 결정이 이뤄지든 순종할 준비만 하실 뿐이었다. 난 원칙대로 신체검사서를 발급해 드릴 수 없어 보류를 결정했다. 어머님을 모시고 가까운 상급병원에 내원하여 의심되는 부분들에 대해 추가적인 영상학적 검사와 진료를 받은 후, 소견서를 갖고 다시 오시기를 부탁했다. 그러나 열악한 보건소 장비, 영상 판독의와 물리적으로 분리되어 협진한다는 점, 촬영오류 등의 가능성을 염두에 두고 몇 번이고 미리 걱정하지 말라는 말을 강조하며 진료의뢰서 한 장을 손에 쥐어드렸다.

"이건 검사 오류일 가능성도 있습니다. 종양이 아니라 조직의 변형이나 단순흉터나 앓고 지나간 비활동성 폐결핵일수 있습니다. 미리 걱정 마시고, 건강검진 받는다 생각하고 가까운 의료원 다녀오세요."

난 이 말을 하는 내내 97세의 할머님을 바라보았다. 등이 많이 굽었고, 얼굴 주름은 셀 수 없었으며, 목으로 밥은 삼킬 수 있는지 의심될 만큼 야위어 계셨다. 밖에 적지 않은 환자가 기다리고 있었지만, 평소와 달리 개의치 않았다.

내가 말하는 내내 따님의 얼굴에는 걱정이 가득했다. 의학지식과 임상경험이 부족해 하나라도 꼼꼼히 하여 의료사고를 줄이고 싶었던 나의 마음을 아실 리 없었다. 그저 내 말 하나하나가 오늘하루 따님의 감정과 기분을 결정해 버렸을 것이다. 따님은 내 말에 얼마든지 순종하려는 자세였다. 그리고 나의 배려와 진심이 전해졌는지, 나에게 몇 번이고 감사하다 하며 할머님을 모시고 진료실을 떠나셨다.

그리고 반나절이 흘러, 그 따님이 성난 표정으로 진료실 문을 벌컥 열고 들어오신 거다.

상급병원에서 폐 CT 검사를 마치고 돌아오는 길이었는데, 상급병원에서는 도대체 무엇 때문에 폐종양이 의심된다고 한 건지 모르겠다고 했다며, 추가적인 검사에서 이상 없었음을 알리는 소견서를 나에게 전했다. 따님은 그쪽 의료진이 던진 말 한 마디에 본인과 노모가 고된 헛걸음을 하게 된 꼴이 억울하다 생각되었는지, 나와 보건소의 열악한 장비 탓을 하며 내게 분노를 쏟아냈다. 그분의 표정, 제스처, 말투, 불평은 그분들을 진심으로 배려했던 나의 마음에 크고 깊은 금을 내었다.

난 진료기록을 남기는 내내 손을 떨고 있었다. 평상시 민원이 있으면 차분하고 합리적이게 해결하려 하곤 했던 내 모습과는 달랐다. 분명 검사 오류일 가능성도 있다고 미리 말씀드렸는데. 나는 깊은 상처를 받았고, 배신감이 들었고, 수 시간 만에 정반대로 달라진 한 사람의 태도에 놀랄 수밖에 없었다. 따님과 눈을 마주치지 않은 채 퉁명스럽게 소심한 한마디를 던졌다.

"참 너무도 하시네요."

진료기록을 남기고 신체검사서를 발급하느라 분주한 내 옆에서 몇 분이 흐르고 마음이 가라앉았는지, 따님은 흐느껴 울기 시작했다.

"선생님 제 눈을 봐주세요. 선생님, 미안해요. 검사기기 탓만 하려고 들어왔던 건데. 선생님이 무슨 잘못이 있겠어요..."

난 그분의 눈을 바라보지 않은 채 애꿎은 컴퓨터만 응시했다. 그래도 인사는 해야 할 것 같았다. 수많은 감정이 어떤 이유로 어떻게 들어왔는지 순간 정리되지 않았지만, 그게 내 도리이고, 가식적으로 의로운 척이라도 하며 돌려보내야 이 어려운 마음이 빨리 회복될 것만 같았다.

"수고하셨습니다. 조심히 들어가세요."

시계를 보니 퇴근시간이 어느덧 30분 지나 있었다. 나는 퇴근을 하면서 그분의 울음에 대해 생각했다. 따님의 첫인상은 노모를 극진히 모시는 효녀였고, 진료실에서 짧은 통화를 했던 분들은 내용상 따님의 동생들이었던 것 같았다. 같이 늙어가는 상황에서 97세 어머니의 일거수일투족을 맏딸로서 챙긴다는 것이 얼마나 고생스러운 일일지 생각해봤다. 또 여태 모시고 살던 어머님을 이젠 요양병원에 맡기기로 결정하는 마음은 어땠을까. 만일 할머님이 정말 폐암일지도 모른다는 두려움에 떨었던 것은 아닐까.

내 의뢰서를 손에 쥔 채 노모를 모시고 큰 병원으로 향하는 따님의 마음은 많이도 복잡했을 것이다. 따님은 정말로 애초에 나에게 뭐라고 하실 마음이 없었을 것이다. 집안사정은 모르지만, 내가 노부모를 모시고 고생해 본 것도 아니지만, 잠시 그 따님이 되어 공감하려 노력했다. 처음엔 암일 수도 있다는 청천병력 같은 말에 놀랐지만, 이상 없다는 말을 듣고 긴장이 풀어지며 그동안 노부모를 모시느라 마음을 앓으며 고생한 세월에 억울함, 서러움, 안도감이 뒤섞여 밀려왔을 것이다. 본인도 정리되지 않은 감정을 안은 채 나쁜 소식을 따뜻하게 전했던 나의 얼굴을 다시 보니, 의도치 않은 투사와 투정이 나왔던 것이겠지. 그 마음에 조금이나마 공감할 수 있게 되니 마음이 편안해졌다. 그럴 수 있었겠다, 라며, 단단한 얼음이 녹듯이, 나를 보호하려던 단단한 자아의 끈도 놓게 되었다.

오래 전 운전하며 우연히 듣던 한 라디오 채널에, 심한 고부갈등에 관한 사연이 소개되었던 것을 기억한다. 자세한 내용은 기억나지 않지만, 시어머니의 괴롭힘으로 인해 며느님의 마음에 큰 상처가 났다는 사연이었다. 난 오로지 이 사연을 소개하던 DJ의 멘트에 관심이 있었다. 이런 민감한 사연에 DJ는 사연을 보낸 며느님을 어떤 말로 위로할지가 기대됐기 때문이다. DJ는 얼마간 뜸을 들이다가 낮은 톤으로 말을 꺼내기 시작했다.

"살아가면서 우리는 생각할 것이 참 많습니다. 함께 살 때는 많은 것들을 생각하고 행동해야 합니다."

DJ는 철저히 중립적으로 어느 누구의 편도 들지 않았지만, 난 그 멘트가 사연자를 위로했을 거라고 생각했다. 해결책을 제시하지도, 피해자의 편에서 가해자를 함께 비판하지도 않았지만, DJ의 잔잔한 공감은 사연자에게 잔잔한 힘을 보탰을 것이다. 어설픈 공감이나 어색한 리액션은 오히려 상대방을 외롭게 만든다. 사람들이 말하는 '잘 들어주는 사람'은 리액션을 잘 하는 사람보단, 공감을 잘 하는 사람을 일컫는 것이 아닐까. 정말 그렇다. 우리의 삶에서 이웃의 감정과 상황에 대한 공감 없이는, 어떤 밝고 긍정적인 일도, 사랑과 배려도, 웃음과 행복도 일어나지 않을 것이다.

오늘 나는 97세 노모를 모시는 한 따님을 만나서 손을 떨 만큼 복잡한 감정을 경험했지만, 내가 하는 일과 앞으로 살아가는 데 있어서는 무엇보다도 값진 것을 얻었다. 이 글에 담기 부끄럽지만, 오늘 스쳤던 수많은 생각과 날카로워졌던 자아도 깊이 돌아본다. 수차례의 연습이 더 필요하겠지만, 다음에 비슷한 상황을 맞닥뜨리게 된다면 그땐 작은 미소를 지어봐야겠다.

예방접종

"이것도 못 하면 어떡할래! 엄마보고 어쩌라는 거야!"

예방접종실에서 다섯 살 남자아이의 어머니가 내뱉은 말이었다. 어머니는 극도로 치솟은 분노를 다스리지 못하시더니 결국 아이의 엉덩이를 두세 번 때렸다. 예방접종 간호사가 꺼낸 주삿바늘 때문에 이미 큰 공포에 질려 있던 아이는 결국 오열과 비명 그 사이 어딘가의 톤으로 울기 시작했다.

"아파요. 아파요. 엉엉... 안 돼요, 안 돼요... 싫어요. 싫어."

오 년밖에 살지 않은 아이가 나라 잃은 사람처럼 절규했다. 어머니의 극심한 분노와 짜증에 우리는 할 수 있는 게 거의 없었다. 오히려 그녀는 빨리 주사를 놓아 달라며 우리를 재촉했다. 아이와의 타협, 타이름, 설득 등의 과정들은 생략됐다. 우리는 물리적인 힘으로 아이를 제압하고 양팔에 두 개의 주사를 재빨리 놓았다. 기대와 달리 아이는 그렇게 무서워하던 두 개의 주삿바늘이 본인을 찌르는데도 소리 내어 울지 않았다. 우리 모두 한 번쯤은 겪어보지 않았는가. 너무도 아프고 서러워서 소리조차 나오지 않았던 경험, 소리 없이 눈물만 흘려야 했던 경험을. 주사 맞은 후 아이의 표정이 바로 그 모습이었다.

나는 기분이 언짢았다. 한 아이의 부모가 되어본 경험이 없는 나의 주장에 그리 큰 힘이 실리지 않을 것이란 점을 잘 안다. 그럼에도 저건 아닌데 저건 아닌데 하는 생각이 계속 내 머리를 맴돌았다. 아이를 그토록 심하게 혼내야 했던 이유가 무엇이었을까. 그 훈계는 어머니와 아이 중 누구를 위함이었을까. 그 훈계를 통해 얻은 득과 실은 무엇일까.

예방접종실에서는 주삿바늘을 목격한 아이들의 다양한 반응을 볼 수 있었다. 도망가는 아이, 뻣뻣하게 경직되어 서 있던 자리에서 두려움에 벌벌 떠는 아이, 오열하는 아이, 맛난 거 사주겠다고 거짓말하면서까지 아이를 이곳에 은밀히 데려온 어머니를 향해 원망과 저주를 쏟아내는 아이 등등. 하지만 그것보다 더 인상 깊은 광경은 그런 아이들을 대하는 어머니들의 다양한 태도였다. 아이들을 타이르고 설득하는 분, 훈계하고 때리는 분, 인내하는 분, 접종 후 부여할 보상을 말하며 자녀와 타협하는 분, 짜증 내는 분, 마냥 귀엽게 바라보는 분, 무관심으로 방치하는 분, 심지어 난리 치는 본인 아이에게 두 손 들고 접종을 포기하는 분까지 말이다. 사랑스러운 자녀들의 고통을 바라보고 대처하는 그분들의 자세는 내 예상외로 다양했다.

아이와 그 부모들을 보면서, 가장 이상적인 결론이 무엇일까를 고민해봤다. 그것은 바로 아이들을 타이르고 인내하고 배려하는 것으로 시작해 어떻게든 접종을 성공시키는 일이 아닐까. 아이가 주삿바늘을 보고 우는 것은 당연한 일이다. 그런 아이들에게 본인 감정을 앞세워 훈계를 먼저 선택한다면, 유리 같은 아이 마음의 보호막을 깨뜨리거나 그들의 무의식 속에 뿌리 내리고 있는 자존감을 흔들지도 모른다. 그렇다고 아이의 기분을 맞추며 예방접종을 포기하는 일은 항체 없이 균에 노출될 아이들의 건강에 위협이 되는 일이 될 것이다. 아이를 위해 인내와 배려가 선행된 태도와 좋아하는 장난감으로 보상해주거나 맛있는 음식을 먹으러 가자며 그 놀란 가슴을 보듬는 부모의 태도는, 아이들의 마음 밭에 풍족하고 신선한 씨앗을 뿌리는 일과 마찬가지라 믿는다.

물론, 나도 아직 부모가 되어본 적이 없기에 정확히 아는 것은 아무것도 없다. 아이를 위한 일인데, 정작 아이는 그를 싫다며 팽개칠 때, 과연 어떤 마음을 갖는 게 좋은 걸까. 예상했던 것보다 훨씬 더 당황스러울 수도 있고 울컥하는 마음이 치밀 수도 있을 것이다. 하지만 그런 감정들에 앞서서, 그리고 목표했던 일의 성공 여부에 앞서서, 가장 먼저 다시금 '사랑하는 마음'을 되새기는 것이 먼저 아닐까. 언젠가 내가 부모가 된다면, 그러려고 애쓰는 부모가 되어 있지 않을까.

아이들을 예방접종 시키며 소소한 지혜를 배운다. '정답이 없다'라는 표현은 때론 복잡한 것들을 간단하게 만들지만, 그래서 종종 우리를 더 어려움에 빠뜨리지만, 인간관계에 있어서는 적절한 표현일 때가 많다. 부모 자녀, 친구, 상사, 동료, 관계를 맺고 끊는 모든 이에게 적용되는 최선이란 것은 명확한 경계선이

정해져 있지 않다. 지금 내 머릿속엔 '사랑'이란 단어가 맴돌 뿐이다. 사랑. 뜨겁고 정열적인 이미지의 사랑이 아닌. 오래, 한결같이, 서로를 배려하며, 피차 위하는, 그런 사랑의 본질적인 측면들 말이다.

겨울이 왔어요

나른한 어느 날 오후 한 칠십 대 남성 노인분이 불면증을 호소했다. 등이 한참 굽은 그는 진료실 문을 열고 들어와 허름한 고동색 모자를 벗으시더니 내게 정중하게 인사를 건넸다.

"선생님 안녕하셨어요. 겨울이 왔어요. 날이 많이 춥네요."

"안녕하세요 어르신, 날이 추운데 건강하셨어요. 어떻게 도와드릴까요?"

"선생님, 잠이 안 와서 힘들어요. 수면제 좀 많이 주세요."

그는 별안간 어린아이 같이 다급하게 보챘다.

"어르신, 무슨 일 있으세요? 그간 수면제를 복용해왔던 분은 아니신 것 같은데요."

난 약물 남용 가능성이나 다른 안정제나 술과 함께 복용할 위험도가 있는지 평가할 목적으로 사연 듣기를 청했다.

"내가 손주 세 명을 돌봐요. 며느리는 도망갔고, 아들놈은 병을 앓아서 맨날 누워있고. 에휴 저 불쌍한 애들 나라도 돌봐야지 별수가 있나요... 요즘은 내가 그냥 원통하고 불안하고 화가 나서. 밤마다 이 생각 저 생각에 잠이 들 수가 없어요. 그러니 수면제건 안정제건 뭐라도 주시오. 많이 주셔야 합니다."

가벼운 나의 질문에 돌아온 대답은 무거운 사연이었다. 그의 눈빛은 그가 견뎌온 세월의 어려움을 고스란히 전했다. 아직 돈벌이를 하시는지 그의 거친 손은 마디마디 불어 터져 있었다. 난 그에게 수면제 이상의 것들로 도움을 주고 싶었지만 그 일은 지방에 있는 보건소에서는 불가능해 보였다. 그의 칠십 년의 삶이 풍성한 결실과 참된 쉼을 얻기에는 아직 모자랐던 것일까. 하루의 수고 끝에 맞이한 밤에, 숙면을 취하고 싶다며 수면제를 처방받으러 냉큼 달려온 그에게 난 계속 눈길이 갔다. 결국 내가 해 드린 것은 고작 몇 주 치 수면제를 처방하는 일이었다.

어제 오전에는 한 오십 대 여성 환자분께서 소주 한 병을 마신 채 내원했다. 그녀는 아침부터 붉은 얼굴로 술 냄새를 풍겼다. 그는 노크 없이 진료실 문을 당당히 열고 들어왔다.

"이보시오 선생님 양반, 약 처방이나 해주세요. 어우 술 냄새가 진동하네. 허허."

그녀의 취기가 아늑한 진료실을 가득 채웠다.

"환자분… 혈압약 타러 오시는 날 오전부터 술을 드시고 오시다니요."

난 언짢은 마음으로 물었다.

"이보시오 선생님 양반, 내 삶에 일이 참 많아요. 내 삶이 힘들다고요. 아 그리고 지난번 약 두 달 치 주셨는데 너무 비싸더라고요. 내가 지금 돈이 없어도 한참 없으니 한 달 치만 처방해 주세요."

그녀의 말투에서는 그녀 본인을 향해 느끼고 있는 연민이 고스란히 전해지고 있었다. 나는 술을 마시고 언성을 높이는 그녀를 이해하려 노력했다. 오전부터 소주를 들이켜야 할 만큼 본인 스스로를 깊은 웅덩이에 넣어야 했던 사연은 무엇이었을까. 그녀는 어쩌면 건강에 큰 관심이 없었을지도 모른다. 그저 사람 가득한 공공기관에 와서 본인 사연을 나누고 삶의 무게에 지친 자신을 주목해 달라 호소할 목적이 더 컸던 것은 아닐까. 나는 조금은 죄송했지만, 분주한 오전 진료 탓에 더 이상 대화를 이어갈 수 없었다.

"환자분, 수고 참 많으세요. 약값이 부담된다 하시니 원하시는 대로 한 달 치만 처방해 드릴게요. 그래도 건강 잘 관리하시면 좋겠습니다."

이번에도 내가 해드릴 수 있는 건 고작 따뜻한 인사와 늘 타시던 약물 처방이었다.

취기 가득한 그녀는 진료실에 미련 남은 이처럼 느린 발걸음으로 문밖으로 나섰다. 한순간에 아늑하고 따뜻했던 진료실이 얼어붙은 듯했다. 늦가을에 찾아온 사연 가득한 두 분의 여운이 진료실을 다분히 매웠다. 그것이 우리 삶에 자연스러운 일들임을 잘 알지만 고통과 좌절 가운데 낙심한 어르신들의 상흔이 내 맘에 고스란히 전해지며 잔잔한 여운을 던졌다.

지난주가 입동이었다. 늦가을과 초겨울 그 중간을 지나는 시기. 이때마다 떠오르는 장면이 하나 있다. 나는 추위를 참 많이 타는데, 수년 전 모진 겨울 날씨 탓에 짜증을 내던 내게 친구가 이렇게 말을 건넸다.

“왜, 그래도 이렇게 추운 날씨 덕에 인생이 재밌기도 하잖아. 사계절이 없는 나라는 심심해서 어떻게 사는지 몰라.”

그렇지? 그래도 올겨울은 너무 춥다. 나는 괜히 멋쩍어져서 그렇게 답했다.

별 의미 없이 내뱉은 친구의 말에서 모호한 여운을 느꼈다. 아니 정확히는 한 대 얻어맞은 느낌이었다. 난 혹독한 추위 속

얼어붙은 내 손과 발에만 온 신경을 집중했을 뿐, 삶의 여정이라는 맥락에서 추위에 접근해본 적이 없었기 때문이다. 솔직히는 그 순간에도 추위는 내 삶에 불필요한 것이라는 주관적인 확신 한가운데 있었다. 손과 발이 얼어붙는 현상은 내 몸을 괴롭게 하고 칼 같은 추위는 면역력만 저하시킬 뿐 삶에 재미를 더한다는 생각은 못 했던 거다. 순간 그가 한 명의 철학자로 보였다. 친구의 말이 더 듣고 싶었다.

"그럼 여름은? 장마철 그 비 많이 오는 날들도 재밌냐?"

난 그의 대답을 기대하며 마음에도 없는 시비를 걸었다.

"그럼. 비도 오고, 태풍도 오고, 눈보라도 치고 얼마나 재밌냐. 날이 화창만 해봐라. 무슨 재미가 있을까?"

확신에 찬 그가 대답했다.

화려하지는 않았지만, 한 편의 짧은 강연을 들은 느낌이었다. 그와 주고받은 몇 마디가 추위를 불평했던 내 맘을 녹이고 위로했다. 그 담소는 얼어붙었던 내 맘의 한편에 자그마한 공간을 열어 따뜻한 장작불을 지펴주었다. 그의 잔잔한 미소와 투박한 말투는 내게 이유 모를 여유를 선사했다. 그것은 어쩌면 내가 서 있는 곳에서, 지금의 생각으로부터 한 발짝 물러섰기 때문에 주어진 여유와 평안이었을지도 모른다. 어쩌면 여유라는 것은 이렇게 보고 있던 것을 더 넓게, 조금이라도 더 희망차게 바라보면 생기는 게 아닐까. 그런 생각이 들기도 했다.

물론 쉬운 일은 아니겠지만, 문제를 문제로, 느낌을 느낌으로, 어려움을 역경으로만 바라보지 않고 한 발짝 물러서서 정황과 사물을 바라보는 일은 마음 속에 새로운 공간을 만들어준다. 그리고 그 공간에서 우리는 전보다 많은 생각과 행동을 할 수 있게 된다. 바닷가에 놓인 등대처럼 사연을 객관적으로 바라보게 되고, 순간 올라오는 느낌을 넘어서서 작게 미소도 지을 수 있게 되고, 문제를 해결하는 것에 앞서 조금 더 성장할 느긋한 시간을 벌게 된다.

오늘 근무를 하면서는 겨울이 냉큼 다가왔음을 느꼈다. 그러고 보니 겨울은 꼭 추위만을 갖고 있지 않았다. 겨울은 늘 우리가 우리의 내면을 따뜻하게 지키게끔 하고 자아가 성장하도록 돕고 있었다. 모든 것으로부터 한 발짝 뒤로 물러나 여유를 갖도록 이끌고 있었다. 매섭게 추운 날씨는 새 생명 피우는 봄을 고대하고 인내하는 기쁨을 선사했다. 결실 맺는 가을로 후퇴하기보다 씨 뿌림으로 새것들을 담을 수 있는 봄으로 우릴 전진하게 했다.

퇴근 전 창밖을 보니 입동을 알리기라도 하듯 굵은 빗줄기가 창문을 내리치고 있었다. 쌀쌀해지는 날씨 탓일까. 오늘 진료실에서 주고받은 사연들이 다시 머릿속을 스쳐 지나갔다. 추운 사연 탓에 얼어붙은 환자분들의 마음을 살피며, 난 그들의 삶 속에도 작은 여유가 생기기를 간절히 바랐다. 물론 앞서 떠올린 장면에서처럼 겨울 한가운데에서의 재미 같은 것들을 논할 정도로 사소한 문제가 아니라는 것쯤은 안다. 하지만 부디 너무 괴로워만 하시지는 않기를, 고통 속에서도 희망을 찾기를, 지금 내가 서 있는 세상을 조금만 더 넓게 바라보시기를 바랐을 뿐이다. 그분들이 아침부터 소주 한 병을 들이켜지 않아도 될 여유, 약값이 마련되어 스스로를 옥죄지 않아도 될 여유, 도망간 며느님이 돌아와 손주 셋을 함께 책임질 여유, 아픈 아드님이 치유되어 소중한 삶을 함께 누릴 여유를 갖게 되시기를, 나는 진심으로 바랐다.

할매

할매는 할머니의 사투리지만, 산간마을에서 흔히 사용되는 이 호칭은 고령 여성 전체를 일컫는 말로 통용된다고 한다. 내 근무지인 강원도 양양군에 사는 이옥남 할매 얘기를 한 산문집에서 접했다. 할매가 이년 전 아흔일곱 살이었으니, 오늘 살아 계시다면 아흔아홉 세가 되었을 것이다. 할매는 아궁이에 불을 때며 음식을 지었고 도라지를 파는 등, 일곱 살 때부터 노동으로 삶을 일구기 시작했다. 아래는 이옥남 할매가 쓴 글이다.

일곱 살부터 삼 삼는 것을 아버지께서 가르치시더니
여나무 살 되니까 이제는 김매는 것을 가르쳐주시더군요.
아홉 살 먹든 해 음력 이월 달에 어머님 잃고는
소 다섯 마리 여물 끓이는 그 물을 우물에 가서
내가 다 여나르고 했지요.
조그마한 동이로 여나르니 이웃 사람들이 하는 말이
재는 물을 너무 많이 여서 키 안 큰다 했지요.

-〈아흔일곱 번의 봄 여름 가을 겨울〉 말미 탁동철의 '할머니 이야기'

할매들의 어조와 말씨는 정직하고 꾸밈이 없다. 할매의 말에는 이차적 이득을 위한 속임수나 교활함이 없고, 행동에서는 간사함을 찾아볼 수 없다. 눈이 침침하고 등이 굽은 할매가 주방을 지키는 식당의 음식은 정갈하고 깊이가 있어 맛이 보장된다. 하지만 기약 없는 빈곤함 속에서 정성껏 일군 자식농사의 끝은 허전하다. 자식들은 모두 도시로 떠났고, 그곳에서 그들의 자식들을 키우며 밥 먹고 사느라 하루하루를 버거워한다. 그리고 그 자식들 대신 할매의 건강을 챙기는 일은 나의 몫이다. 이와 비슷하게 멀리 떨어져 계신 내 부모의 건강을 난 잘 챙겨드릴 수 없는데, 이것이 세상의 자연스러운 이치인지 내 불효에서 비롯된 것인지가 가끔 혼란스럽다.

이따금씩 진료실 책상 위에 감, 옥수수, 떡, 버섯이나 산나물을 주섬주섬 내놓는 그들의 쇠약한 손등을 마주할 때면, 굴곡진 삶을 굽이굽이 건너왔을 그들의 삶 앞에서 나는 경건해진다. 온전하지 못한 몸을 이끌고 일구어낸 그 수확물들과 내가 맞바꾸는 것은 작은 알약들이다. 둥근 약들의 형태와 냄새는 정형화되어 있어 상투적인 느낌을 주는데, 약의 외양에서는 사람의 냄새를 찾기 힘들다. 내가 처방한 약은 제약회사가 제조한 것이지만, 할매가 꺼내놓은 것들은 할매의 땀으로 일군 것이다. 처방한 약의 개수를 확인할 때 난 할매가 살아온 긴 세월 앞에 숙연해진다. 그 아쉬움을 만회하기 위해 잰걸음으로 귀가하는 할매들의 굽은 등짝을 향해 한두 마디 더한다. 하루 두 번 약을 잘 챙겨 드시라고, 불편한 거 있으면 꼭 내원하시라고, 규칙적으로 식사 잘하시라고.

최근 기억에 남는 할매 한 분이 있는데, 최근 내 근무지에서 코로나19 확진 판정을 받은 한 남성의 노모였다. 아드님은 떨어져 사는 어머니의 밭일을 돕기 위해 어머니 댁에 종종 방문했다고 한다. 그 탓에 어머니는 확진자의 밀접접촉자로 분류되어 검사 결과와 무관히 자가격리 대상자가 되었다. 난 이 역학 보고를 접하며 팔순이 넘은 할매가 밭일을 하는 것이 생존을 위한 몸부림인지 아니면 소소한 행복을 취하기 위한 노년기의 취미활동인지를 궁금해했지만 알 수 없었다. 할매의 모든 검사를 마치고 격리 통지서 아래에 서명하시기를 부탁했다. 별안간 정적이 흘렀고, 할매는 긴 고심에 빠진 듯했다. 꽤 당황하신 듯한 할매의 눈빛을 살피며 난 살가운 목소리로 다시 서명하기를 부탁드렸다. 할매가 한마디 했다.

"내가 글 쓸주를 몰러."

다시 이옥남 할매 이야기. 이옥남 할매는 지금도 노동으로 일군 콩, 쑥, 달래, 고추, 고들빼기를 오일장에 팔아 돈을 번다. 2003년 대구 지하철 화재 참사 때, 할매는 군청에 가서 오일장 수입을 모아 마련한 십만 원의 성금을 냈다고 한다. 할매는 일기장에 이렇게 기록했다.

없이 사느라고 남의 신세만 지고 좋은 일 한번 못 해보고
그게 한이 돼서 내가 조금이나마 보냈다.
아이 옷 벗어 논 걸 껴안고 아이 엄마가 그렇게 우니

사는 게 숨이 붙었으니 살지 사는 게 사는 거 같겠나.
텔레비전 보면 맨 속상하기만 하다.

-〈연필로 쓰다〉, 김훈

난 이 대목에서 눈을 떼기 힘들었다. 과거의 한 재난을 생각하며 빠듯한 생활 가운데 베푸는 할매의 고상한 마음에 감동했고 사람의 이기심과 이타심을 나누는 경계선은 무엇인지를 생각했다. 없이 사는 것보다, 없어서 남의 신세를 지고 산 세월이 더 힘겨웠을 할매의 표정을 생각했다. 넉넉한 삶을 영위하지 못한 것보다, 좋은 일을 하지 못한 것이 더 한이 되었을 할매의 마음속 주름을 떠올렸다. 모은 성금을 내기 위해 오일장이 서는 중앙시장에서 군청을 향해 걸었을 그 노선을 상상했다.

이옥남 할매가 잘 지내고 계시는지 궁금하다. 할매가 살아냈을 긴 세월을 상상했다. 조리할 줄 모르는 산나물을 내게 건넸던 여러 할매들을 떠올렸다. 혼자 사는 내게 단감 두 박스를 선물한 할배도 생각났다. 부족하면 얘기하라고 했던 그의 진지한 표정까지 떠올랐다. 기억 속에 아득하게 자리 잡은 그 모든 할매와 할배들을 생각하니, 그들의 삶에서 비롯된 어떤 기운이 저

릿하게 전해져 오는 것 같았다.

어디 또 불편한 데 없으세요

강원도 양양의 겨울은 생각보다는 춥지 않다. 평지이기 때문에 겨울엔 그리 춥지 않고, 여름엔 바닷바람 덕에 상대적으로 시원하다. 오늘은 영동 지방에 대설주의보가 내린 날이었다. 오후가 되더니 잠잠했던 하늘이 순식간에 흐려지며 굵은 함박눈이 내리기 시작했다. 오전 내내 분주했던 보건소에 환자가 줄어들고 있을 무렵, 농아 환자 한 분이 수화통역사와 함께 진료실로 들어왔다.

듣거나 말하지 못하는 그가 두 달에 한 번 정기적인 약을 타러 내원할 때면, 젊은 여성 수화통역사가 늘 동행하여 소통을 돕곤 했다. 환자분은 오랫동안 씻지 않으셨는지, 그가 진료실로 들어오는 순간 아주 고약한 냄새가 풍기기 시작했다. 순간 그와 눈이 마주쳤지만, 냄새로 인해 놀란 내 마음을 들키지 않기 위해 애써 미소를 지었다. 어쩐지 소통이 쉽지 않을 것만 같았다.

"어르신 잘 지내셨나요? 약 드시고 두통이나 어지럼은 없었나요?"

환자분은 내 눈을 응시했지만 아무 말씀이 없었다. 순간 내 입 모양을 보고 바로 이해하기를 바랐던 내 오만함과, 청력장애가 있는 줄 알면서도 쓸데없이 큰 소리로 질문했던 나의 어리석음 모두를 그 짧은 찰나에 깨달았다. 그때 감사하게도 수화통역사의 개입으로 불가능해 보였던 소통이 더디게나마 진행됐다. 난 여러 문진과 진찰 후 약을 처방하기 전에 그에게 한마디를 건넸다.

"환자분, 어디 또 불편한 데 없으세요?"

이 질문을 던진 직후 본능적으로 후회가 밀려왔다. 대게 어르신들은 불편한 곳 없냐는 질문을 받으면 이야기보따리를 한바탕 풀어놓았기 때문이다. 오전에 수십 명의 환자를 진료하며 이미 진이 빠졌던 터라, 혹 진료와 관계없는 불편함을 토로하신다면 더 이상 이야기를 들어드릴 자신이 없었다. 다행히도 환자분께선 별말씀 없이 수화로 고맙다는 말씀을 전한 후 진료실을 떠났다.

어디 또 불편한 데 없으시냐는 나의 질문에 환자분들은 거의 그냥 지나가는 경우가 없다. 스트레스, 음주, 수면부족과 같이 지극히 평범한 것들로 초래된 두통, 어지럼, 피로감과 같은 평범한 증상을, 마치 죽을 병 걸린 이처럼 절실히 호소하는 분들도 적지 않다. 대부분의 노인들은 무릎과 허리 통증을 호소한다. 고령이 되며 자연스럽게 겪게 되는 퇴행성 질환이 대부분이지만, 그 흔한 증상이 그분들의 삶 속에선 흔하게 발생하여서는 안 될 큰 불편함으로 다가오기 때문이다. 불편한 데 없으시냐는 나의 동일한 질문에 동일한 부분이 매번 동일하게 아프다는 말씀을 하시는 것은 어찌 보면 당연한 일일 것이다.

"제가 또 도와드릴 일이 있을까요?"

어떤 분들은 나의 모범적이고 의례적인 이 질문에, 가까운 이들과 나누기 어려운 깊은 가정사, 상처, 한을 한바탕 풀어놓곤 한다. 전쟁 중 사망하여 국가유공자가 되었던 아버님을 둔 한 아드님의 사연, 자녀들의 고된 투병생활, 지체장애를 둔 한 어머니의 이야기, 갑작스러운 뇌졸중을 앓은 후 대소변을 지리는 남편의 일상, 전이암으로 인해 맞이한 비참한 투병생활, 회사의 부도 등. 모두 기억이 나지 않아 글에 담지 못할 뿐이다.

사람 사는 세상에 왜 불편한 것이 없을까. 우리의 일상은 불편한 것투성이고, 불만스러운 일로 넘치며, 다친 줄도 몰랐던 수많은 상처에서 말없이 피가 흐르고 은밀히 아무는 과정의 연속일 테니 말이다. 하지만 환자를 진료하며 그분들의 사연을 모두 들어드릴 수도 없는 노릇이다. 그렇게 한다면 밖에 대기하고 계신 수많은 환자분을 민원 없이 원만히 진료하는 일이 어려워질 것이고, 반복되는 나의 일상도 지칠 것이며, 진료실과 상담실의 역할 또한 모호해질 테니까.

그럼에도 난 내가 보건소에서 해야 할 중요한 일들 중 하나가 환자분들의 사연에 할 수 있는 만큼 귀 기울이는 일이라고 생각한다. 어쩌면 그들에게는 권위적인 의사보다 그분들의 사연에 인격적으로 귀 기울일 수 있는 따뜻하고 평범한 이웃이 더 절실히 필요할지 모른다. 본인들의 사연을 털어놓을 곳이 없다는 그 쓸쓸하고 기막힌 사실이 많은 이들의 밤을 길고 깊게 만들고 있을지도 모른다.

아픈 무릎을 이끌고 내원한 분들에게 약만 주고 돌려보내면 안 될 것 같았다. 그저 출처 모를 모호한 양심에 이끌려 어디 불편한데 없으시냐 물었던 것 같다. 사연 많은 환자들에게 내가 내어드리는 작은 배려와 여유가 그들의 삶에 작은 위로가 되면 좋겠다.

내일도 한 마디 건네야겠다.
어르신, 어디 또 불편한 데 없으신가요?

2부

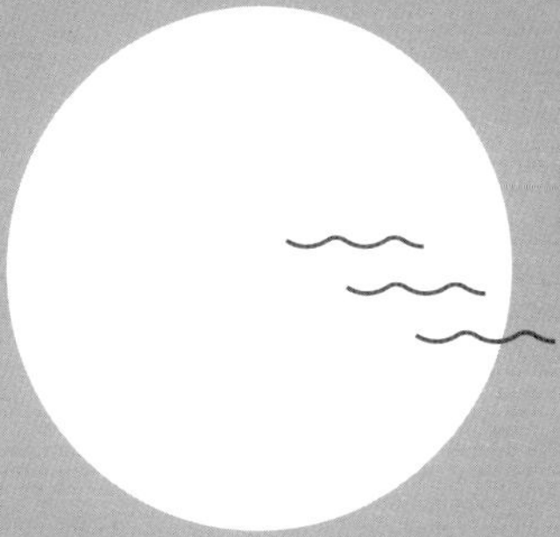

마음 둔 곳

외로움

그녀는 식사 중이었다. 부엌 한쪽 벽 앞의 커다란 식탁에 홀로 앉아서는. 드넓은 거실에 배치된 티브이 음량은 거의 최고로 맞춰져 있었다. 힘겹게 밥 한술 뜬 숟가락을 입에 넣고는 고개를 들어 벽을 한번 응시한다. 그녀의 손과 팔에서 근손실이 상당히 진행된 게 한눈에 보였다. 그러므로 젓가락을 사용해 나물반찬 한 움큼 집는 데는 조금 더 오랜 시간을 투자해야 했다. 조금 전 삼킨 쌀이 입에서 사라질 때쯤 성실히 건져 올린 나물반찬을 입에 넣었다. 그러고는 고개 들어 이미 수차례나 응시한 벽을 다시 그윽하게 쳐다본다. 그 흰 벽에는 달력 한 장이 무심히 걸려 있을 뿐, 아름다운 과거를 회상할 만한 사진이나 마음에 잔잔한 평안을 건넬 풍경사진 한 장 걸려 있지 않았다. 반찬이 입에서 다 사라졌는지 고개를 숙이고 다시 밥 한술을 뜨려 했다. 유쾌한 대화나 잔잔한 미소가 결여된 그 식사 시간이 마치 그녀에게 마지못해 완수해야 할 노동 같아 보여서 내 마음 한편이 아려왔다. 인기척 없이 그녀의 식사 현장을 잠시 훔쳐보던 내가 큰 목소리로 정체를 밝혔다.

"할머니! 저 왔어요. 귀가 계속 어두워져서 어쩌시나. 도둑이 다녀가도 모르시겠네!"

"아이고야! 관우 왔구나! 언제 왔니? 할머니 귀가 더 안 좋아져서 네가 온 줄도 몰랐구나..."

토요일 늦저녁 고요한 식사 한 끼 중 찾아온 불청객을 본 그녀의 표정이 대단히 밝아졌다. 조금 전까지만 해도 조촐한 식사에 온 집중을 하던 그가 성치 않은 두 무릎으로 벌떡 일어나 나를 반겼다. 여든이 훌쩍 넘은 나의 외할머니는 수년 전 할아버지를 먼저 보내시고 방 네 개짜리 큰 평수의 아파트에서 홀로 지내기 시작했다. 지극 정성스러운 두 외삼촌의 대단한 헌신과 배려도 할머니를 모시기로 설득하는 데는 역부족이었다. 자식들에게 민폐 끼치기 싫다며 절대 홀로 살기를 결심한 할머니의 굳은 고집이 그들의 사랑을 이겼기 때문이다. 미국에 멀리 떨어져 있어 적극적인 효도를 하지 못하는 내 어머니의 미어지는 마음이 순간 철없는 나의 마음으로도 깊이 또 깊이 짐작되었다.

나의 외할머니는 제법 성공한 어머니였다. 자녀들을 사회적으로 성공시키시고 가정을 수호하는 데 가장 큰 역할을 한 어머니. 이웃들에게 칭송받는 온유하고 인자한 어머니. 그러나 난 그 고귀한 삶과는 대비되는 그녀의 고독한 식사 현장을 직접 마주하며 적지 않은 생각이 들었다. 그건 혼자 마시는 커피 한 잔의 여유나 혼자만의 휴식을 취하는 것과는 다른 것이었다. 그 일은 여생의 대부분을 홀로 생활해야 하는 현실이었다. 성실함으로 일구고 지켜낸 가정의 평화는 그녀가 맞이한 오늘의 외로움을 잘 위로해주고 있었을까. 그 어디에도 기록되지 않은 그녀의 헌신으로 만들어낸 자식들의 성공은 그녀의 고독을 온전히 대체하고 있었을까. 명확한 답이 떠오르지 않았다. 그날 밤 난 할머니의 작은 일상에 동참하고자, 친근한 딸 역할을 자처했다.

오늘 오전에는 삼십 대 후반의 한 남성 환자분이 사백이 넘는 식후 혈당과 당뇨병의 전형적 증상들을 호소하며 내원했다. 낡아빠진 고동색 모자를 대강 머리에 걸친 그는, 흰 페인트로 추정되는 물질들로 산발적으로 덧칠된 상의와 다수의 구멍 난 오버핏 청바지를 입고 있었다. 그가 진료실 문을 여는 순간 내 생에 가장 고약하고 지독한 악취를 경험했다. 그것은 사람이 지어낸 언어로 온전히 담거나 형용할 수 없을 만큼의 대단한 악취였다. 그는 세상 모든 수고와 죄를 짊어진 사람처럼 심히 굽은 등으로, 푹 숙인 고개로 내게 인사를 건넸다.

"선생님 안녕하십니까. 들이가겠습니다..."

"예, 들어오세요. 당이 높아 오셨군요. 이쪽으로 가까이 와 앉으시죠."

난 그와 물리적으로 가까워지는 게 어떤 결과를 가져올지 명확히 알고 있었다. 고조되는 악취는 내 예상을 훨씬 뛰어넘었지만, 내 감정과 표정의 변화가 드러나지 않도록 필사적으로 노력했다. 그는 내가 건넨 문진에 성실히 답했지만 그것은 질문한 횟수만큼 고스란히 되돌아오는 구취가 주는 대환란을 뜻하기도 했다. 그에게 더 이상의 질문을 던지기 두려웠다. 나는 마지막으로 젊은 나이에 한 만성질환에 걸릴 만한 환경적인 요인을 찾고 그의 생활습관을 평가하기 위해 입을 떼었다.

“환자분, 실례지만 어떤 일에 종사하시나요?”

“아. 전… 여기 읍 변두리에서 조그맣게 혼자서 고물상을 운영하고 있습니다. 혼자서 하다 보니 힘에 부치네요.”

그는 답하는 중에도 무엇이 그리 죄스러운지 내 눈을 쳐다보지 못했다.

“일하시느라 고되시겠어요. 건강을 신경 쓰실 여건은 되는지요?”

“건강은 신경을 잘 못 쓰는 것 같습니다. 끼니도 종종 거르고 허기지면 밤에 혼자 술 한잔에 식사할 때도 많고요. 혼자 사는 게 힘드네요. 무엇이든 혼자 하다 보니. 그렇죠. 허허.”

대화는 예상외로 한참 길어졌다. 그의 모든 답변은 ‘혼자’라는 표현으로 가득했다. 그는 평범한 일상에서 벌어지는 대부분의 일이 혼자 수행되고 있음을 강조하며 그로 감내해야 할 혹독한 외로움을 호소하고 있었다. 잘 관리되지 않은 그의 건강이, 일상을 성실히 가꿔갈 마음의 여유를 외로움에 빼앗긴 환경 탓인지 혹은 그럼에도 주어진 건강을 돌보지 않은 본인의 무책임 탓인지는 판단할 수 없었다.

그러고 보니 그의 몸에서 풍기는 대단한 악취의 원인도 조금 이해되는 듯했다. 그의 말과 행동들에는, 스스로를 돌볼 내적인 힘이나 여유가 없는 것처럼 보였다. 이미 만성이 된 외로움이 그가 지닌 것들을 가꾸고 지켜내야 할 지혜와 힘과 동기를 서서히 앗아간 것은 아니었을까. 모든 진료를 마친 그는 진료실에 미련이 남은 사람처럼, 그리고 아직 못다 한 이야기가 남은 이처럼 내게 한두 차례 더 눈길을 주며 느리게 퇴상했다. 그러고 보니 그 눈빛은 아주 익숙한 눈길이었다. 이곳에 발길 주었던 수많은 독거노인 분들이 내게 건네었던 그것. 그건 늘 홀로 맞이하는 소박한 일상 가운데 방문한 공공기관에서 얻은 한 줄기의 위로, 인정, 존재감 등의 확인이었을지도 모른다.

외로움은 결코 단번에 준비 가능한 가벼운 것들로 변화시킬 수 없다. 삶 자체가 그랬다. 늘 단번에 풍성해지는 법이 없었다. 아마 오늘 내원하신 환자분의 외로움 역시 그럴지도 모른다. 한 번에 해결하니 마니 할 수 있는 간단한 것이 아닐지도 모른다는 말이다. 그렇다면 어떻게 해야 하는 걸까. 외로움 속에서 허우적대기만 하는 것보다, 그리고 그 외로움을 극복하려고 애쓰는 것보다, 작고 사소한 것일지라도 좋으니 새로운 행복을 쟁취하는 것이 어쩌면 조금 더 나은 방법인 걸까. 생각이 많아지는 퇴근길이었다.

여행에 대하여

동쪽 바다는 주말마다 그 본모습을 드러낸다.

고요하던 해안가는 붐비고 누구의 주목도 받지 못하던 파도들은 일상에 치여 도망쳐온 이들에게 치유가 된다. 철썩철썩하는 파도 속에는 규칙적인 박자나 절제된 강약 조절 같은 음악적인 요소가 전혀 없지만, 코를 간질이는 바닷냄새가 곁들여진 덕에 횟집에서 기울이는 술 한잔의 맛을 고조시키는 기분 좋은 안줏거리가 된다.

이렇게 많이들 여행지로 찾는 동해는, 사실 내게만큼은 그냥 일상의 터전일 뿐이다. 주말 아침이 되면 더는 나이를 가늠할 수 없는 낡은 슬리퍼를 대강 두 발에 걸친다. 잠에서 덜 깼지만 정신을 고쳐볼 겸 마실거리를 사러 가까운 편의점으로 나선다. 하늘로 솟구친 머리 뭉치들과 부은 내 얼굴에 변화를 주기 위한 어떤 노력도 들이지 않는다. 이곳은 그저 일상을 순환시키는 나의 안락한 터전이기 때문이다. 하루 두 번 산책 삼아 찾는 해안가는 단조로운 일상 속에서 그나마 환한 미소를 머금게 하는 곳이지만, 설렘 가득한 여행지까지는 되지 않는다. 이곳은 내가 살아내야 할 지극히 평범한 터전이고, 수입을 창출하는 근무지이며, 대부분의 숙식을 해결하는 집이다.

같은 장소에서 이렇게 대비되는 삶의 모습을 볼 때면 여행과 일상의 의미에 대해 생각하게 된다. 이제는 스치기만 해도 통증을 느끼는 관계적 상처를 피해, 처절한 무력함이나 패배감을 달래기 위해, 무수한 정보와 잡음을 피해, 매연과 미세먼지로부터 벗어나기 위해, 그 외 다양한 고통들을 겪어낸 마음의 상처를 잠시 덮기 위해서라도 여행을 떠나는 것은 너무나도 필수적인 일이다. 여행으로 일상을 버틸 힘을 얻을 수만 있다면, 그만큼이나 좋은 일도 없을 것이다.

반면 난 반복되는 일상 속에도 여행지에서의 그것과 같은 설렘이 넘치길 바라고 있는 거다. 일상은 언제나 도피의 대상이고, 여행은 힐링의 수단이라는 고정관념에서 벗어나려는 소심한 몸부림을 치곤 한다. 일시적인 여행보다 살아내야 할 일상이 훨씬 더 많기 때문이다. 좋은 환경에서 삶을 누리는 일은 쉽다. 이를테면 밤에 아름다운 야경을 보거나, 알프스 산맥처럼 자연이 주는 웅장함 안에서 압도되어 지내거나, 한 치의 오차도 없이 스스로 흘러가는 자연의 신비를 접할 때면, 우린 쉽게 설레고 크게 웃게 된다. 그러나 일상이란 무대는 다르다. 숱한 어려움과 문제에 치여서, 어떤 불가항력 앞에서 무력해져서, 단조로워서, 그리고 변화마저 더뎌서 힘들다. 이런 환경에서 만족을 얻는 일은 쉽지 않다. 그건 그럴듯한 환경이 아닌, 의지적으로 삶을 즐기고자 하는 이들의 오랜 심신의 단련을 통해 비로소 누릴 수 있는 것이기 때문이다. 삶의 만족은 외부로부터 주어지기도 하지만, 대부분의 경우 스스로 쟁취해야만 하는 것들이다.

여행을 잘 누리는 이가 일상을 잘 누릴 확률보다, 그 반대의 확률이 더 높을 것이라 생각한다. 변화하는 상황 가운데서도 감사와 만족을 쟁취하고자 하는 이는 일상을 온전히 누리고 있을 이임이 틀림없다. 평범한 하루를 소중하게 보낼 줄 아는 이는, 어떤 여행지에 머물러도 하루를 넉넉하게 누려낼 것이다.

난 어디쯤 있으려나. 아마 준비운동까지는 끝마친 듯한데.

캐어 앤 쉐어

내게는 별명이 하나 있었다.

바로 캐어 앤 쉐어(care and share)다. 대학 시절 사 년을 함께 살며 지금까지 십여 년을 넘도록 함께한 절친들이 붙여준 것이다. 거기엔 심오한 의미나 웃기거나 슬픈 사연은 없다. 문자 그대로 '돌보고 나눈다'는 뜻이다. 그들은 내가 귀가하거나 서로를 캠퍼스에서 마주칠 때마다 종종 이렇게 불러 인사했다.

어이 관우, the care and share!

헤이, 케어쉐어의 사나이!

야야, 오늘 케어쉐어 잘하고 왔냐?

오늘은 누구를 돌보았으려나?

너 의사 말고 목사 돼야 하는 거 아니야?

의대 자리 뺏지 말고 신학대나 가라.

그럴 때면 난 머뭇거리지 않았다. 얼굴에 철판을 깔고 허세부리는 건 내 주특기였다. 나는 늘 이렇게 대꾸했다.

그럼! 야야, 말도 마. 내가 사람들 얘기 한바탕 들어주고, 내 파란만장한 얘기도 잔뜩 나눴지. 오늘도 이 형이 그들의 고민을 잘 해결해주고 왔다. 너희들도 무슨 일 있으면 나한테 얘기하도록.

마음 통하는 친구는 긴 대화가 필요 없다. 그들의 비아냥거리는 말투 속에서도 나를 향한 격려가 고스란히 느껴졌다. 그들은 알았다. 매서운 사연 속에서 몸부림치던 내 청춘과 그 가운데서 이타적인 삶을 살아내고자 한 내 의지를. 사람을 돕고 싶어 하던 내 열정을. 그들도 똑같이 그랬다. 그 시절을 회상하면 지금도 얼굴이 빨개져 이불 킥을 날릴 때가 있다. 세상의 경중을 논하기에 아직 미숙했던 그 이십 대 초반, 과거의 내가 대견하면서도 부끄러워지는 이유에는, 다시 해석하면 그 시절 이후 내가 충분히 성장했다는 전제와 납득이 있다는 것 아닐까.

난 이웃들에 관한 관심이 유독 많았다. 정확히 말하면 그들의 사연에 대한 관심이 많았다. 모양과 색깔이 제각각이지만, 그 사연들을 어우르고 통합시키는 딱 한 가지의 주제가 숨겨져 있을 것만 같았다. 겪는 사연들과 그것이 건네는 수많은 감정 하나하나에 어떠한 의미가 있을 것만 같았달까. 고난이 주는 고유의 파장, 다양한 두려움의 공간들, 밀물과 썰물처럼 교차하는 희로애락, 안온함과 불편함의 경계를 무수히 넘나드는 감정들, 비극에 흐려졌다 희극에 짙어지는 눈망울, 일련의 흉터와 미래를 품게 할 소망 한줄기 등등. 난 그 모든 것에 반드시 어떤 의미를 있어야 한다고 믿었다. 다양한 고통의 편린들이, 산발적으로 흩어져 구석 어딘가에 그 모습을 감춘 퍼즐 조각들이, 반드시 협력하여 한 편의 그림을 그려야 한다고 믿었다. 그래야지만, 그렇게 돼야지만, 전쟁과 같은 하루를 의미 있게 살 수 있었기 때문이다. 그것이 슬픔과 비극 가운데 유일한 보상이라 여겨졌기 때문이다.

사람을 보면 늘 이런 생각이 든다. 이게 전부가 아닌데. 이가 다가 아닌데. 사람이 갈등보다 귀한데. 저게 끝이 아닐 텐데. 아무도 알아주지 않는 저 사연이 별 볼 일 없는 '아무 사연'은 아닐 텐데. 아무도 몰라주는 저 감정들은 누군가는 알아줘야 하지 않을까. 사람은 귀하니까.

어떤 이들은 이렇게 말할 수도 있다. 뭐 그리 복잡하게 사냐고. 일상은 대단히 복잡하다. 관계에서 나오는 것들, 질병, 장애, 성공, 실패, 분쟁, 수치, 우울, 분노, 가난과 굶주림 등. 그리고 진정한 고수는 이 복잡한 삶을 복잡하지 않게 사는 이들이라고 생각한다. 진짜 어른은 난해해 보이는 일상을, 난해하지 않게 사는 사람이다. 참된 리더는 심오한 갈등을 용이하게 만드는 사람이다. 그것은 훈련이 필요하다. 단 바른 연습이 전제된다. 그래서 어른은 저절로 되지 않는다. 연륜은 흘러가는 세월이 보장하지 않는다. 지혜는 지식으로만 얻어지지 않는다. 성숙은 열정으로 쟁취되지 않고, 진실한 마음으로 얻어진다.

그래서 아픈 만큼 성숙해지는 거겠지. 죽음의 문턱에 다녀온 이들, 혹독한 재난을 관통한 국가들, 굶주림의 고통을 겪어본 이들, 자식을 잃은 부모, 실패의 늪에 빠져본 이들, 과오로 대가를 치러본 이들, 리더로서 책임을 져본 이들 등. 이들은 이제 과거로 쉽게 돌아가려 하지 않는다. 평범한 일상의 소중함을 머리가 아닌 마음으로 깨달았기 때문에. 그 비극과 풍파들이 언제든 다시 찾아올 수 있음을 인지하기 때문에. 성숙한 이들은 작은 삶을 정성 들여 사는 이들이다.

아파하는 사람들에게 먼저 다가가면 어떨까 하는 마음에서 그러는 거였다. 내가 돌보고 나누기 시작한 것은. 그들의 옆에 가서 먼저 안부를 물으면 어떨까. 형편없이 부서져 조각난 그들의 사연을 듣고 만지려는 수고를 조금 더 하면 어떨까. 대단한 일은 아니지만, 이러한 작은 노력들이 모일 때 더 좋은 세상이 올 것이라 믿는다.

옷

어느 순간부터 옷을 버리는 습관이 생겼다.

안 맞는 옷.

손이 가지 않는 옷.

짙은 때가 지워지지 않는 흰 옷.

무엇보다 내게 더 이상 어울리지 않는 옷.

어울리지 않는 것들을

오래 소유하는 것이 싫어졌다.

과시를 목적으로
무더운 날 비싼 밍크코트 사 입지 않고
절약 목적으로
한겨울 날 저렴한 민소매를 사 입지 않는다.

힘주지 않아도 힘이 느껴지고,
멋 부리지 않아도 멋있는,
입은 이와 보는 이 모두를 편안하게 하고
옷 주인의 진짜 가치를
불필요하게 숨기거나
불필요하게 왜곡하지 않는 옷.

그런 어울리는 옷이
견고한 하루를 만들고,
오래가는 세월을 빚는다.

그리고 나 역시도
누군가에게 그런 사람이고 싶다.

일(Work)과 걸음(Walk) 사이

주말을 맞이했다. 이미 중천에 뜬 해의 온기가 나를 일으켰다. 그 과정이 온유해서 좋았다. 하루의 시작을 고하는 게 무자비하고 딱딱한 시계 알람 소리가 아니어서, 다시 잠들거나 그러지 않을 선택과 권한이 주어져서 좋았다. 곧장 커피를 내리기 위해 부엌으로 향했다. 밝은 형광등에 적응하지 못해 눈을 반쯤 뜬 채로 커피 원두가 담긴 봉지를 찾아 열었다. 맑지 못한 정신이어도, 텅 빈 봉지를 확인하는 순간 또렷한 절망감이 고스란히 느껴졌다.

결국 차로 이십 분 남짓 걸리는, 주문진과 강릉 사이의 커피 공장을 가기로 했다. 여유로운 휴일 오후의 나들이는 작지만 늘 의미 있는 설렘을 준다. 분주함 속에서 여유를 찾게 하고, 빠른 걸음 가운데 고개 들어 목적지를 다시 확인할 기회를 준다. 느긋하게 옷을 입고 여느 때와 달리 여유롭게 운전하여 목적지에 도착했다. 주차 후 매장 입구로 들어서기 전, 좌우로 고개 돌려 짧게나마 목 스트레칭을 했다. 그때 무심코 돌린 고개 사이로 한 산책로가 내 시야에 우연히 들어왔다. 종종 왔던 익숙한 곳이었지만, 그곳은 처음 마주한 낯선 풍경이었다. 그 산책로를 걷기로 했다.

정성 들여 심긴 나무나 화려한 꽃은 없었다. 푸른 봄나물이나 보기 좋은 볼거리도 전무했다. 산책로라 하기엔 그저 사람 손이 최소한으로 개입된 투박한 들판에 더 가까워 보였다. 그럼에도 땅에서는 매력이 느껴졌고 계속해서 밟아보고 싶은 동기를 일으켰다. 훼손되지 않은 자연의 모습과 인위적이지만 나약한 사람의 발목을 배려해 최소한으로 정돈된 길이 적절한 조화를 이뤘다. 드넓은 땅에 다른 이웃은 보이지 않았다. 순간 그

땅이 내 소유라는 착각마저 들었다. 쌀쌀한 바다 바람이 뺨을 스쳐왔다. 제법 냉기가 가득했지만 산책에 방해되지 않을 정도였다.

계속 걸었다. 그러고 보니 종착지는커녕 정해놓은 목적지도 없었다. 처음 가는 길이고, 혼자 걷는 시간의 연속이었다. 어디까지 펼쳐진 길인지 예측할 수 없었으나 그 막연함이 불쾌하지 않았다. 걷는 일에 집중해도 주위 풍경은 좀처럼 변하지 않았다. 시간이 흘러도 나를 흥분시키거나 관심을 단번에 사로잡을 만한 것들은 나타나지 않았다. 똑같은 길은 반복되었고, 느릿하게 지나가는 큼직한 구름 덩이만이 소소한 변화의 전부인 것만 같았다. 아니, 정확히 얘기하면 구름이 이동하는 것이 아니라 내가 발 디딘 땅이 태양을 중심으로 자전하며 일으킨 현상이었을까. 그러니 그것마저 환경적 변화라 할 수 없을 것 같았다.

순간 두 단어가 스쳤다. Work, 그리고 Walk. 일과 걸음 중 뭐가 더 중요한가. 둘 중 우선시돼야 하는 게 있을까. 계획 없이 들어선 투박한 산책길에서 질문을 던졌다. 앞으로 내딛는 걸음이 결코 일이 되어선 안 된다는 생각이 들었다. 오히려 날마다 마주하는 일과 일상이 걸음이 되어야 한다. 매번 반복되고 치

일 듯 흔한 바로 그 일상이, 마음을 어렵게 하는 갈등들이, 후회스러운 실수가, 잊히지 않아 마음 한편에 상주하는 과거의 상처들이, 잠시라도 미소 머금게 하는 기쁜 일들이 우리를 성장시킨다. 매우 더디지만 전진케 하는 귀한 걸음이 된다.

Work가 Walk가 되기를 바란다. 일은 우리의 걸음이 되어야 한다. 그 반대가 된다면 우린 단명할 것이고, 연명해도 건강을 유지하지 못할 것이다. 걸음은 선한 것이다. 삶을 전진하게 하고, 체력을 단련시키며, 더디지만 꿈과 목적지를 향해 부단히 움직이게 한다.

계획에 없던 오늘의 산책은 내 생각을 여기까지 이끌었다. 산책을 마친 후에는 원두를 골랐다. 종업원으로부터 잘 포장된 커피 봉지를 건네받으니 설레었다. 안온한 휴일이니 근처 바닷바람을 쐬고 돌아가기로 했다. 차에 타 시동을 걸었다. 좋아하는 음악 한 곡을 틀었다. 그 길을 다음에 또 걷기로 결심했다. 분주했던 나날들 속에 살펴 가는 시간을 허락했기에. 일에 찌든 젊은 날에 참된 걸음의 의미를 고민하게 해 주었기에.

8월

볼품없는 곳에
꽃 한 송이 피면
볼품있는 곳이 되었다.

질퍽한 땅에
붉은 석양빛 한 가닥만 드리워지면
화려한 무대가 되었다.

바르게 보면
한 발작만 물러서서 보면
두 번 세 번 반복해서 보면
그리고 마음으로 보면
더 많은 것들이 보인다.

무더운 날
볕을 탓하기보다
볕이 밝히는 것들을 보고
볕이 하는 일을 바라보기.

그렇게 살아가기.

대구로 파견 가다

이곳은 대구다.

정부는 이미 앞서 대구로 오십일 명의 공중보건의사를 보냈지만 추가로 아흔 명을 보낼 계획이라며 당일까지 각 시군에서 파견 명단 한 명씩을 제출할 것을 촉구하는 공문을 내렸다. 난 내가 근무하는 지역의 공중보건의 대표이다. 이곳에는 열네 명의 의사 동료가 배치되어 있지만 그중 대구 파견 가능한 인력은 치과와 한의과를 제외한 의과 일곱 명이었다. 그 일곱 명 중 한 명을 지목하여 전쟁터 최전선인 대구로 선출하는 일은 매우 난감했다. 후보에는 신생아와 어린아이들의 아버지 된 동료들도 있었고, 한 달 후 환자들이 밀집한 대학병원으로 복귀해야 하는 이들도 있었으며, 납득이 가는 개인적 이유로 이미 근무지에 없는 사람도 있었다. 난 대표로서 일반적 조직에서 행하는 방식과 같이 선배들을 대신해 일 년 차 새내기 후배를 단순히 사회문화적 분위기에 따라 보내고 싶지 않았다. 통상적으로 행하는 제비뽑기는 더욱더 강행하고 싶지 않았다. 그것은 모두에게 공평하고 합리적인 방식이나 개개인의 사연을 고려하거나 배려할 기회가 결여된 냉정한 방식이라 생각되었기 때문이다.

나는 대구로 갈 것을 자원했다. 첫째로는 국가 재난 상태에 기쁜 마음으로 기꺼이 무엇이라도 기여하고 싶었고, 둘째로는 대표로서 동료들의 각 사연과 상황을 무시하고 제비뽑기를 강행하고 싶지 않았기 때문이다. 내겐 돌볼 아이나 아내가 없고, 대학병원으로 복귀까지 일 년의 시간이 남았기에 사태 수습 후 필요하면 자가격리를 할 시간적 여유도 확보되어 있었다. 가지 못할 중대한 개인사는 더더욱 없었다. 나는 협업하는 공무원을 통해 내 이름을 파견 명단으로 보건복지부에 회신할 것을 부탁드렸다.

이번 주는 비가 많이 왔다. 그것도 늦겨울과 어울리지 않는 굵은 빗줄기가. 월요일은 늘 분주하지만 이번 주는 더욱 달랐다. 지난 주말 이곳에서 두 명의 확진자가 나온 가운데 한 명은 이곳 소속 상근예비역으로 밝혀지며 내 근무지에도 갑작스러운 비상이 걸렸다. 보건소의 모든 공무원은 그 순간부터 밤 늦게까지 비상근무에 돌입했고 나 또한 근무지에 배치된 이후로 첫 주말 비상근무에 소집되었다. 예상치 못한 일들이 터지며 난 늘 하던 진료와 코로나 사태 이후 설치된 선별진료실 업무 모두를 감당해야 했다.

지난주 확진자와 관련된 기사가 속출하는 순간부터 수많은 민원인이 내가 일하는 선별 진료실로 문의를 하기 시작했다. 확진자와 동선이 겹치는 이들, 위험 국가 여행력이나 기저질환과 같은 위험인자가 없음에도 흔한 단순 감기 증상들을 호소하는 이들, 지인이 대구를 다녀왔다며 공포에 질린 자들, 다녀온 결혼식의 주인공이 대구 사람인 것을 추후에 알았다며 염려하는 이들, 심지어 이러한 사연 하나 없이 확진자가 속출한 지역 출신이라는 딱지로 인한 주변 사람들의 시선들이 염려되어 문의

한 이들까지, 이유도 다양했다.

그런 사건과 분주함들이 나의 대구 여정을 미리 암시하는 지표였을까. 분주했던 한 주를 보낸 후 이곳 대구에 도착하니 지난 며칠간의 일정이 마치 잘 이어진 하루 같이 느껴졌다. 대구로 향하는 열차가 출발할 때 넌지시 주위를 둘러볼 기회가 있었다. 그 넓고 많은 좌석은 텅텅 비었고 그 열차에는 나 외에 그 어떤 탑승자도 없었다. 난 순간 표를 꺼내 착오가 없었는지 다시 살폈지만 이변은 없었다. 여행을 시작할 때 흔히 마주하는 설렘이나 흥분은 없었다. 엄습해오는 두려움과 염려 또한 없었다. 그저 한 재난으로 급격히 어두워진 국가와 사회에 기여할 수 있는 점에 대한 잔잔한 감사함과 이 사태가 속히 해결되기를 간절히 염원하는 마음만이 공존할 뿐이었다.

이곳 대구에서 보내게 될 두 주간의 시간을 소중히 보내길 원한다. 지금은 청중의 유무와 무관히 내 견해와 주관을 강력히 드러내고 주장해야 할 때가 아니라 믿는다. 불합리하게 여겨지는 사건은 개인적 수첩에 적고, 비난하고 싶은 부분들은 여러 선배들의 견해에 비추어 오랜 시간 검토하며, 내 견해와 상이한 리더십에 대해 관찰하며 겸손히 분석해 볼 때라 믿는다. 수많은 기사와 글이 쏟아지는 그 현장의 한가운데 발 딛고 있으니 그런 작업이 조금 더 용이할 것이다.

엄마 나 아파요

경북 경산의 17세 고3 남학생이라 했다.

고등학교 첫해에는 반장, 그다음 해에는 부반장을 지낸 바르고 성실한 아이라 했다. 그의 아버지는 직장암 3기 환자였다. 근치적 수술 후 항문의 역할을 대신하는 장루를 안고 사는지 항암치료를 아직 진행하고 있는지 알려진 것은 없으나, 그 삶의 질은 현저히 떨어졌을 것이다. 기저질환자와 고령 위주로 사망

자가 속출하는 터라 학생 아버지는 건강에 각별히 유념했을 것이다. 개학 날짜는 연기된 상태였다. 학생은 지난 삼 주 동안 아버지가 운영하는 학원에 한 차례 방문한 것 외에 외출한 적이 없었다고 한다. 혈기왕성한 남학생이 삼 주가 넘는 시간 동안 외출을 자제한 것은 암을 앓고 계신 아버지의 건강을 위한 바른 배려라 여겨졌다.

2020년 3월 10일. 화요일이었다. 개인적으로 대구 파견 마지막 날이었기에 난 그날의 대부분을 생생히 기억한다. 이른 오전부터 비가 쏟아졌고, 강풍도 끊임없이 불었다. 아주 낮은 온도는 아니었지만 멈출 줄 모르는 비와 바람이 모두의 하루를 고되게 만들었다. 3월 9일부터 마스크 5부제가 시행되었기에, 10일 화요일은 출생연도 끝자리가 2 혹은 7로 끝나는 이들이 마스크를 구매할 수 있던 날이었다. 그날 오후 5시, 학생은 생명과 같은 마스크를 사기 위해 집 근처 한 약국을 찾았다. 줄이 길었다. 사람이 어찌나 많던지, 학생은 한 시간가량 줄을 서 마스크 두 개를 겨우 샀다. 그것도 비바람이 치던 으슬으슬 한 날. 시간이 가며 그는 분명 추위에 떨고 있었을 것이다.

그날 밤, 학생은 발열 증상을 호소했다. 부모는 집에 있는 감기약을 먹였으나 열이 하루 이틀 동안 내리지 않았다. 체온은 기록되지 않았으나 응급실을 바로 찾을 만한 심한 고열은 아니었을 것이다. 여하튼 하루 이틀 감기약을 먹으며 경과를 관찰하기로 했지만, 증상이 호전되지 않자 이틀 뒤인 12일 오후 6시쯤 학생은 어머니와 함께 경산 중앙병원을 찾았다. 병원에서 41.5도의 충분히 염려될만한 수준의 고열이 확인되었지만, 선별 진료소가 이미 닫아 해열제와 항생제만 처방받았을 뿐 코로나 검사는 다음 날로 미뤄야 했다. 결국 다음날 13일 오전, 같은 선별 진료소를 찾아 코로나 검사와 폐 x-ray 촬영을 했고, 폐 염증 소견을 들었지만, 의사는 더 센 약을 처방해주고는 그를 귀가시켰다.

그런데도 증세가 나아지지 않자 어머니는 그날 오후 4시쯤 병원에 다시 전화했다. 아이는 이제 호흡부전까지 호소한다. 병원에서는 상급병원으로 가기 위한 소견서를 써주겠다며 소환했고, 그렇게 학생은 3차 병원인 영남대학병원으로 이송됐다. 입원하여 격리병실에 들어서던 아들이 힘겹게 부모에게 말을 건넸다.

"엄마, 나 아파요."

그것이 아들의 유언이 돼버렸다.

소중한 아들의 완치 판정을 위해 간절히 기도하던 부모가 듣는 아들의 마지막 목소리가 돼버렸다. 그때까지만 해도 폐렴의 원인을 코로나 바이러스로 강력히 의심하던 터라, 부모는 격리되는 아들과 동행할 수도 없었다(결론적으로 고인은 코로나 음성으로 판정되었다). 중증 폐렴 환자가 되어 생사를 다투게 될 아들을 치료하기 위해 보호복으로 무장한 의료진의 뒷모습만 바라보는 것 외에는, 부모가 할 수 있는 것이 아무것도 없었다. 입원 첫날밤 자정, 아들이 어머니한테 전화를 걸었다. 무슨 이유 때문인지 어머니는 그 전화를 받지 못했다. 그리고 부모는 차 안에서 엿새를 기다렸다. 엿새를 집도 아닌 차 안에서. 부모가 되어본 경험 없는 어느 누구의 미숙한 마음으로도 가슴이 먹먹해지고 또 괴로워지는 부분이다.

아들은 끝내 사망했다. 사인은 폐렴으로 인한 다발성 장기부전. 입원 이후 상태가 급격히 악화되어 혈액투석과 인공 심폐장치 등의 치료까지 동원되었지만, 살아 부모 곁으로 다시 돌아오지 못했다. 자정 넘어 걸려온 전화를 받지 못한 일은 어머니에게 이제 평생의 한이 되었다. 17세 학생이 살면서 마지막으로 한 일은, 비 오는 날 약국 앞에서 한 시간을 기다려 마스크

두 장을 산 것이 돼버렸다. 미래와 꿈 가득했던 그가 이 땅에서 한 최후의 일이 고작 추운 날 마스크를 구입한 것이 됐다는 말이다.

왜 하필 그날은 햇살 한 줄기 없던 흐린 날이었을까. 풍만한 햇살처럼 천진한 미소를 환히 그리고 가득 띠어도 모자랄, 꽃조차 피기 이른 나이에. 그는 이름도 아닌 '17세 사망' 이란 두 단어로 각종 뉴스와 인기 검색어 차트를 하루 종일 독차지했다. 17이란 숫자가 그를 지켜주지 못한 어른들의 연약함과, 이 사회의 부족함, 우리가 앞으로 떠안게 될 어떤 상흔을 고발하고 암시하는 것만 같았다. 그들이 삶의 잔잔한 일들로 다시 미소 짓기까지 치러내야 할 내적 싸움이 얼마나 클지 생각해 보았다.

선별진료소의 하루

대구 파견 열흘 차, 토요일이었다.

난 보건소 정문 앞에 임시로 설치된 선별 진료실을 맡았다. 아침부터 굵은 비가 내렸다. 엎친 데 덮친 격으로 바람까지 불었다. 더 심해지면 텐트가 온전하지 못할 것만 같았다. 텐트가 외관을 유지하지 못한다면 음압을 주 기능 삼아 운영되는 선별 진료실이 제 구실을 못 할 것 같아 걱정됐다.

온도가 급격히 떨어지며 냉기가 선별진료소 내부를 다분히 메웠다. 공급된 방호복으로 꼼꼼히 무장했지만 추위는 생각보다도 더 심했다. 몸이 떨렸고 손발이 시렸다. 환자가 다녀갈 때마다 수십 번 비벼 문지르는 소독제로 인해 두 겹씩 낀 고무장갑도 체온을 지키는 데 아무런 도움이 되지 못했다. 밖에는 이미 수십 명의 시민이 진료 시작 전부터 긴 줄을 지어 서 있었다. 긴 하루가 될 것이라 확신했다. 싸늘한 공기와 자비 없는 강풍 속에서 그렇게 평범하지 않을 것 같은 하루가 시작되었다. 직원 한 분이 텐트 문을 열었다.

“다음 분 들어오세요!”

“안녕하세요, 여기는 제 어머니예요. 같이 좀 들어가도 될까요?”

휠체어를 탄 노모 옆에 한 아드님이 서 있었다.

“죄송합니다만, 감염 우려가 있어 검체 채취 받으실 할머님만 들어오셔야 하는데요.”

“우리 어머니가 치매가 좀 심해요. 제가 같이 들어가야 해요. 부탁합니다.”

아드님이 간절히 호소했다. 노모의 등은 굽어 있었고 몰골은 초췌했다. 그 짧은 찰나에 그의 출입을 막는 것은 누구를 위한 것인지에 대해 고민했다. 분명 나를 위한 것은 아니었다. 난 이윽고 이어지는 아드님의 애타는 눈빛을 다시 쳐다보았다. 그는 아직 텐트 입구 앞에 서서 간호사와 함께 나를 흘깃 스쳐보고 있었다. 난 노모와 그 옆에 밀착하여 서 있는 아드님 모두 텐트 내로 모시기로 결정했다. 간단한 문진 후 바로 검체 채취를 시작하였다.

"어르신! 조금 불편해요. 금방 할게요. 도망가시면 안 돼요. 아 해보세요! 아!"

난 평소보다 훨씬 큰 목소리로 어르신을 이리저리 달래며 검사를 진행하도록 유도했다. 심한 치매를 앓고 있던 그녀에게 으슥하고 서늘한 이곳 텐트가 두려움과 미지의 공간이라 여겨졌을 것 같았다. 구인두용 채취 도구를 그의 구강으로 조심스레 들이밀자 할머님은 미간을 심히 찌푸리고 몸을 두 차례 움츠리더니 이윽고 그것을 치아로 마구 씹어댔다. 그 순간 부단히 부슬거리던 빗소리가 유난히 더 커지는 것 같았다. 짧지 않은 시간을 그저 휠체어에 앉아있던 할머님은 이제 몸을 떨기 시작했다. 지체하지 않는 것이 최선의 지혜라 생각되며 우린 할머님을 곧장 달랬다. 아드님은 물리적인 힘으로 그녀의 입을 벌리려 했지만 소용없었다. 결국 난 의사소통이 일체 불가한 할머님의 구인두 검사를 과감히 포기하고 비인두 채취로 넘어가기로 했다.

"아드님, 어머니 얼굴 좀 꽉 잡아주세요. 간호사 선생님도 이분 양손 꽉 잡아주세요. 좀 고통스러워서 저항하실 거 같은데 이번엔 꼭 해야 합니다. 도망가시거나 얼굴을 움직이시면 여러 차례 찔러대야 하니 한 번에 해보죠."

"예 선생님, 큰일이네 참... 엄마! 움직이지 마요! 선생님이 금방 끝내신대요!"
"어머니, 금방 해요! 좀만 참으세요! 고개 조금 젖혀볼까요!"

채취에는 성공했지만 그 간단하고 단순한 과정이 이리 난해할 수 있는지 예상하지 못했다. 우측 비강을 찔렀기에 할머니의 우측 눈에서만 눈물이 흘러내렸다. 성이 났는지 나를 뚫어지게 바라보았지만 내겐 그녀의 눈빛이 왠지 서글퍼 보였다. 아드님의 도움을 받아 휴지로 눈물과 콧물을 훔치고 계신 할머니를 다시 응시했다. 미간이 쪼그라들고 주름으로 깊게 패인 노쇠한 할머님의 얼굴을 가까이서 마주하며 왠지 가슴이 먹먹해졌다. 노모는 진료실에 왔던 모습 그대로 아드님의 소매를 꽉 쥐어잡고는 아무 일 없었던 듯이 텐트를 나갔다. 이곳 대구에서 만난 그녀의 얼굴이 내 기억 속에 아로새겨져 오래 남을 것만 같았다.

그 뒤론 한 중년 남성분이 들어왔다. 내리는 빗줄기 탓인지 후줄근한 차림새로 들어온 그는 마치 죄를 지은 것처럼 의기소침해 보였다. 난 검체 채취를 모두 마친 후 소독제를 짜 드리기 위해 그에게 양손을 내밀기를 주문했지만 그는 연신 뜸을 들였다. 그러고 보니 그의 양 손 모두가 긴소매 안에 숨겨져 있었다. 소극적인 그의 모습에 어떤 사연이 있으리라 대강 짐작은 되었지만 현시점에 소독만큼 중요한 것이 없었기에 난 같은 주문을 재차 부탁드렸다.

"어르신, 손 내밀어 보시겠어요? 꼭 소독하시고 나가셔야 합니다."

마지못한 그가 뜸을 들이며 소매 안에 감춘 손을 천천히 꺼내 보이기 시작했다. 나의 작은 부탁에 그가 왜 주저했는지를 알게 되는 순간이었다. 그의 손가락은 엄지와 검지 단 두 개뿐이었다. 난 표정의 변화가 없도록 각별히 신경 쓰며 내민 그의 손바닥 위로 소독제를 듬뿍 짜드리고는 바로 소독하기를 부탁드렸다. 그는 그 간단한 것을 수행하는 데 큰 어려움이 있어 보였다. 몸이 불편한 탓에 힘은 들어가지 않았고, 좌측 손을 우측 손에 가까이 대어 문지르기 시작했지만 그것은 심히 어설퍼 소독보다는 주어진 의무감에 마지못해서 하는 시늉에 가까워 보였다. 내가 베풀 수 있는 배려는 고작 그에게 수고 많으셨다는 말과 함께 따뜻한 인사를 건네는 것뿐이었다.

무수한 시민들을 만나며, 나는 이 싸움이 결코 의료진만의 것이 아니라는 사실을 깨달았다. 이것은 연령, 직종, 사회적 위치, 그리고 지역을 뛰어넘는 국민 모두의 싸움이었다. 신체적 장애와 정신이 혼곤한 분들을 마주할 때면 생각이 더욱더 깊어졌다. 선별 진료소 방문은 대다수에게는 아주 작은 일이었지만, 누군가에게는 두꺼운 옷을 겹겹이 입고 비바람을 뚫어 오랜 시간 휠체어와 지팡이를 의존해야만 도달할 수 있는 곳이었다. 신종 바이러스나 재난이 출현하지 않았다면 그 불필요한 고생과 수고를 하지 않았을 이들을 마주하며, 최전선에 있다고 그간 이웃들로부터 받은 각종 칭송과 격려가 내게 과분하다 여겨졌다. 우리는 동일한 재난을 예외 없이 함께 마주하고 있었다.

오전 근무를 마친 후 점심시간에 한 약국 앞에 마스크를 사기 위해 시민들이 긴 줄을 선 광경을 봤다. 그 수많은 인파 사이로 내 시야에 낯익은 두 사람의 뒷모습이 들어왔다. 백발 된 노령의 할머니는 휠체어에 타 있었고, 그 옆에는 한 중년 남성분이 할머니 곁을 지키고 있었다. 그들은 긴 줄 끝에 서 있었다. 난 그분들보다 먼저 줄 선 무수한 인파를 바라보며 노모와 아드님의 차례가 되기 전에 마스크가 매진되지 않을까 걱정했다. 그곳을 지나며 기도했다. 그분들이 마스크 다섯 장을 꼭 사갈 수 있도록. 그들에게 하늘의 큰 축복과 보호가 있기를.

공항 검역소

코로나 관련 업무로 인천 국제공항 검역소로 파견 갔을 때의 일이다. 새벽 다섯 시에 도쿄발 항공기가 도착했다. 잠에서 덜 깬 나와 동료는 솟구친 머리카락과 흐트러진 옷깃을 대강 다듬고는, 공항 내 마련된 휴게실에서 나와 검역소로 향했다. 비몽사몽한 정신을 겨우 이끌고 각종 보호복과 장갑, 마스크, 페이스쉴드 등을 덧입고는, 검역장 바로 옆에 마련된 선별 진료소에 자리를 잡았다. 유지되던 고요함도 잠시, 자리에 앉아 흩어진 물품을 정돈하던 나를 한 검역 직원이 다급히 찾았다.

"선생님! 이리 좀 빨리 와보셔야 할 것 같은데요!"
"무슨 일이죠? 위급한 환자라도 생겼나요?"
"그게 아무래도… 이리 직접 나오셔서 보시는 게. 빨리요."

승객이 계신 곳으로 달려갔다. 사십 대 초반으로 짐작되는 건장한 남편분 옆에는 의식이 온전하지 못한 아내분께서 휠체어에 타고 있었다. 그들 옆에서는 대여섯 살로 보이는 자녀 두 명이 울고 있었다. 즉시 여성 앞에 달려가 휠체어에 앉아 계신 그녀를 살펴보기 시작했다. 그녀의 가냘픈 목은 우측으로 비스듬히 기울어져 있었고, 사지는 축 늘어져 있었다. 이어 호흡과 맥박부터 확인했다. 다행히 별 이상은 없어 보였다.

"어머님. 어머님? 제 말 들리시나요? 의식이 있으시면 말을 해보시겠어요?"

그녀의 팔을 흔들었지만 아무 반응이 없었다. 드넓은 공황 검역장에는 내 목소리만 울려 퍼지며 내가 발 디딘 곳은 무대가 되고 그 주위는 관객석으로 변하였다. 난 개의치 않았다.

"제 말 들리세요? 제 말 들리시면 일어나 보세요!"

"으… 여기가 어디죠? 우웩, 우웩."

희미한 의식 속에서 깨어난 그녀가 헛구역질로 시작해 연신 구토를 했다. 물론 구토물을 받아낼 봉지는 준비되어 있지 않았다. 그때 발 빠른 직원 한 분이 조그만 비닐장갑 한 쌍을 급히 구해왔다. 사용 취지는 사뭇 달랐으나 어찌 되었든 무엇이라도 담을 수 있는 비닐 재질이란 생각에 머뭇거리지 않고 그것을 그녀의 입 가까이 가져갔다. 누런 구토물이 끊임없이 쏟아졌다. 비닐에 난 작은 구멍들 사이로 구토물이 새어 내 양 손등을 타고 손목까지 흘러내렸다. 불쾌하진 않았지만 혹 식도, 기도, 인후두, 구강을 순서대로 거치며 쓸어 모았을, 혹시 있을지 모를 코로나 바이러스가 조금 신경 쓰일 뿐이었다. 모든 위장물을 뱉어내자 그녀의 몽롱했던 의식이 조금 돌아온 것 같았다. 눈을 게슴츠레하게 뜬 그녀가 짜증 한가득 섞인 목소리를 내기 시작했다.

"여보! 말했어? 말했냐고! 내가 말하지 말랬지? 내가 못 살아!"

쩌렁쩌렁한 그녀의 목소리가 모두의 새벽을 깨웠다.

"말 안 했어."

남편분의 입꼬리가 살짝 올라간 탓일까. 짜증스러운 아내분의 외침에도 그는 여유로워 보였다. 남편은 흥분한 아내의 투정에 침착하게 대응했다. 더 나아가 능청맞게 농담까지 건넸다. 역시 일본이 한국이랑 가까워서 좋다느니, 금방 도착해서 좋다느니, 두 주 격리할 생각에 벌써부터 갑갑하다느니. 동일한 상황을 마주한 부부의 상이한 태도가 인상적이었다. 난 대화를 이어나갔다.

"선생님, 아내분에 대해 상황 설명 좀 해주세요."

"집사람이 비행기를 타고 몇 분 후에 막 숨을 못 쉬겠다 하며 힘들어하는 거예요. 그리고서는 갑자기 독한 양주를 시켜 한 번에 들이켜고 그 자리에서 기절해 버린 거 있죠. 그렇게 마시지 말라고 했는데. 사실 안사람이 공황장애가 있어요. 공, 항, 장애 말고 공황장애. 크크. 발음하기도 어려워요, 그죠? 약 먹고 평상시에 괜찮다가 비행기만 타면 죽을 것 같다면서 난리니,

하지만 매번 있는 일입니다 허허. 너무 신경 쓰지 마세요."

공항장애 말고 공황장애. 이 질환의 핵심은 죽을 것 같은 느낌이다. 말 그대로 죽을 것 같은 느낌이기에 환자는 이 질환으로 인해 정말로 죽지는 않는다. 다만, 환자가 호소한 것들은 결코 거짓이 아니다. 그것은 주관적이지만 그 누구도 부인할 수 없는 실존하는 감정이다. 오랜 시간 아내 곁에서 함께 투병했던 그는 이제 공황장애가 어떤 병인지 잘 안다. 아내분께서는 이 질환으로 늘 고통을 호소하지만, 그것으로 그녀가 사망에 이르거나 영구적인 신체적 손상을 입지 않는다는 것을 이제는 아는 거다. 물론 고생하는 아내를 마주하는 그의 마음 또한 어렵지만, 어느 정도 익숙해지며 작은 여유를 찾기 시작했을 것이다. 그래서 그는 다급하고 위급한 상황에도 알맹이 없는 농담을 던지거나 잔잔한 미소를 지을 수 있었던 것이다. 반복되는 어려움 속에 웃는 법을 터득한 것이다.

만일 남편분에게도 감정의 동요가 있었다면 어떻게 됐었을까. 만취 상태에서 막 정신이 든 아내 옆에 만취한 남편이 있었다면, 본인이 공황장애를 앓고 있는 것을 공개했냐고 윽박지르던 그녀 옆에 똑같이 고함지르던 남편이 있었다면, 단순한 만취 상태인지 심장마비인지 아직 판단조차 하지 못한 나를 향해 어서 살려내라고 감정적 발언을 쏘아댔다면, 코로나 전염병과 같은 혼란스러운 시국에 본인들이 알아서 할 테니 그냥 귀가시켜 달라 떼쓰는 그가 있었다면 또 어땠을까. 그랬다면 아마 그 무대는 기승전결 중 '승'으로만 가득 채워진, 감정적 에너지만 소모되어 어떤 선한 결론도 도출해내지 못한, 형편없는 졸작이 되었을지도 모른다.

삶이라는 무거운 것에 재난이란 것이 얹혔다. 끌고 가야 할 것들이 더 무거워진 셈이다. 공항에서 마주한 남편분의 미소가 기억에 오래 남는다. 아픈 아내를 옆에 두고 여유 부리던 남편분의 모습이 어쩌면 이 재난에 필요한 소소한 지혜인지 모르겠다. 평안함이 깨진 아내 옆에서 극명하게 대비된 그의 실없는 농담과 웃음소리가 내 귓가에 오래도록 맴도는 날이다.

공, 항, 장애 말고 공황장애요. 크크.

새해

단번에 바뀐 해와 달리 하루의 변화는 더뎠다.

늘 그랬다. 그 더딘 하루 속에서 수많은 일이 스쳐 간 지난해를 회상했고, 기대와 두려움이 뒤범벅된 낯선 신년을 받아들였다. 신정이 겨울인 것이 늘 아쉬웠다. 새로운 것과 낡은 것을 구분 짓는 순간에는 보다 뚜렷한 경계선이 있었으면 했다. 겨울바람보다는 힘이 넘치는 봄볕이 해가 바뀌는 때에 더 잘 어울리는 듯했다.

십이 월 마지막 날과 일 월 첫 날, 그 사이에는 눈에 보이는 변화가 아무것도 없었다. 하루가 흘렀고 난 세 끼니를 챙겨 먹었다.

약속한 재난과 추운 날씨 탓에 새해부터 사람과 자연 모두가 휘청거렸다. 선별진료소에서는 그 누구도 바이러스를 만지거나 볼 수 없었고, 암 병동에서는 수술 전까지 자신을 해하는 암세포를 마주할 수 없었다. 고상한 척 사람들과 공존하려는 그것들이 조용한 위선을 부리는 해악한 존재들로 여겨졌다.

최근 맡겨진 일에 진지하게 임하면서 느낀 것은 이웃의 생명과 삶에 영향을 끼치는 일은 실로 중요한 일이라는 것이었다. 최근 몇 주가 많이 두려웠다. 지니고 있는 능력으로 내린 판단과 조치가 이웃의 삶에 막대한 영향력을 행사하는 일은 매우 떨리는 일이다. 그러니까 그런 환경에서 최선을 다하는 것과 맡은 일에 끝까지 책임을 지는 일은 선택이 아닌 필수인 거겠지.

그룹 부활의 <순간>이라는 곡을 들었다. 리더 김태원 씨의 곡에 대한 인터뷰가 인상적이었다. 그는 모든 사랑의 관계가 시작되는 첫 순간에 대해 노래하고자 했고, 과거의 아름다운 순간이 분명 지금과 미래의 또 다른 순간들과 연결고리를 갖고 있다고 믿었다. 한눈에 사랑에 빠졌던 그의 부모가 소유한 아름다운 옛 순간도 소개했다. 아버지의 치매가 시작된 바로 그 순간 그의 어머니는 아버지와 다시 사랑에 빠졌다고 전했다. 오랜 여운이 남았다. 난 그 노래를 반복해서 들었다.

모두가 진로로 고민한다. 그곳엔 이상과 현실이 처절하게 뒤섞여 있으므로 늘 고된 성찰이 필요하다. 아마 이 고민은 한평생 하지 않을까 싶다.

새해 첫 달에도 햇빛은 깨끗하고 맑았고 먼 바다의 파도는 성실하게 움직였다. 자연은 넓었고 바닷바람은 여느 때처럼 풍요로웠다. 난 새해에도 그들만큼 넉넉한 발걸음을 소유하고 싶었다.

마음 둔 곳

벽을 타고 뻗은 가지들 사이에서 붉은 잎을 보았다. 정확히는 붉게 물들어가는, 그래서 붉어져 가는, 그렇기에 붉다고 함부로 단정 지을 수 없는 한 초록 잎이었다. 설레게 한 것은 시월 첫날의 입추 현장이 아닌 시월 첫날이 되어도 아직 떠나지 않은 여름의 흔적이었다. 그 작은 광경이 소소한 희열을 선사했다. 작은 노력이면 보이고 들린다. 어떠한 대상에 마음 주는 것을 그리 겁낼 필요는 없다. 어떤 현상을 겪기 전부터 진한 염려를 꾹꾹 담아 움츠릴 필요가 없다. 빤히 응시하고 있으면 그 현상이 주는 교훈과 그 대상이 선사하는 선하고 악한 영감 모두가 사람의 자양분이 된다. 시선 둔 곳에 마음이 머문다. 마음 머문 곳에는 싹이 튼다. 반드시 튼다.

■

3부

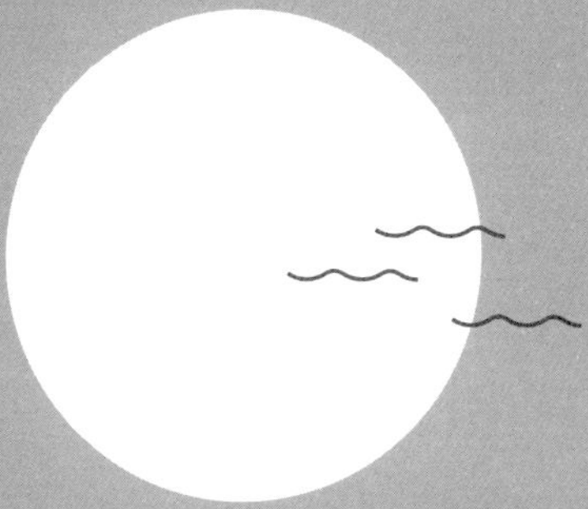

작별

차가 전복되었어요

크리스마스이브 초저녁이었다. 한 팔십 대 중반 남성이 내원하였다. 진료실 문이 먼저 열렸는지 그분의 입이 먼저 떼어졌는지 알 수 없을 정도로 그는 다급해 보였다. 귀까지 덮은 겨울용 모자와 두툼한 외투를 입고 있었던 그는 모자를 벗지도 의자에 앉지도 않은 채 내게 간절하게 호소했다.

"의사 양반, 배가 아파요. 아이고 배야… 나 좀 살려주시오."

보건소에 근무하는 한 젊은 의사가 해결할 수 있는 영역 밖의 일이라는 직감이 들었다. 간단한 문진부터 시작했다. 감염, 외상, 약물과 같은 외부적인 요인으로 인한 문제인지 살펴보려 했지만, 그는 나의 쏟아지는 질문에 명확한 답을 내놓지 못하고 있었다. 난 그의 눈을 응시하며 이미 한차례 던졌던 질문들을 큰 소리로 다시 또박또박 묻기 시작했다.

“어르신, 언제부터 아프셨어요?”

“언제부터 아아… 아팠냐고요? 글쎄… 모르겠네… 오래됐어요.”

“지금 아프신 곳을 정확히 짚어 보시겠어요?”

“왼쪽인가… 아니 오른쪽인 거 같기도… 그냥 다 아파요, 다…”

“다른 증상들은 더 없었어요? 예를 들면 열이 펄펄 나시거나 혈변을 보셨다거나요.”

“그런 거 없었던 거 같은데… 있었나… 모르지 있다 지나갔을 수도.”

그의 대답은 진료에 어떤 도움도 되지 않았다. 간단한 신체 검사까지 해보았지만 그 또한 별다른 의미는 없었다. 그러고 보니 그는 지속해서 극심한 고통을 호소하면서도 손으로 배를 움켜잡거나 상체를 웅크리는 등 통증에 반응하는 그 어떤 자세도 취하지 않고 있었다. 오히려 그의 두 팔은 자연스레 그의 두 무릎 위에 놓여 있었고 앉은 자세도 대단히 편안해 보였다. 난 그에게 무례가 되지 않도록 여쭸다.

"어르신, 진짜 배가 아프신 게 맞으세요?"
"응… 배가 아프지…"

예상치 못한 내 질문에 그의 얼굴에는 당황한 기색이 역력했다.

"어르신, 지금 정말 배가 많이 아프셔서 응급실이라도 가야 할 것 같으세요?"
"응급실? 거까진 아니고… 여기 오니 조금 나아진 것 같기도 허고…"

난 그가 이차적 이득을 위해 과장된 것들을 던지고 있는 게 아닐까 하고 생각했다. 그의 미간은 찌푸려져 있었지만 그가 주장하는 통증의 수위와 표정은 다소 괴리가 있어 보였다. 집중하던 문제를 잠시 접어두고 대화의 흐름을 바꿔 그에게 새롭게 접근하기로 했다.

"어르신, 어떻게 지내세요? 혼자 오셨는데 혹 아픈 것에 대해 가족분들과 대화 나눠보셨나요?"

"가족들은 없어요. 혼자 살아요. 에휴..."

"할머님은 같이 안 사세요?"

"할머니는 작년 가을에 췌장암으로 죽었어. 감사하게도 훌륭한 선생님 덕에 서울에서 수술 잘 받고 오륙 년 살았었지요. 그렇게 잘 지내다가 어느 날 교통사고가 났어요. 옆에 집사람 태우고 팔십 넘은 내가 운전을 하고 있었어. 그날 바람이 어찌나 불던지. 옆에 바다를 끼고 가는데 차가 흔들렸어. 이상해. 참 이상해. 그러다가 눈 깜짝할 사이에 차가 전복이 되고 말았어요. 지금도 왜 그렇게 되었는지 몰라요. 바람 때문인지 아니면 차가 뭘 잘못 밟아서인지. 여하튼 깨어보니 차가 뒤집혀 있더라고."

"그런 큰일을 치르셨군요. 마음고생이 참 많으셨겠어요. 큰 사고였는데 안 다치셨나요?"

무거운 사연에 가득 이입된 그의 감정을 방해하고 싶지 않았지만, 흥분해서 열변을 토하는 그가 숨을 고르도록 난 한마디 거들었다.

"신기하게 난 멀쩡하게 다친 곳이 없었어요. 할머니는 다리뼈가 부러지고 갈비뼈에 금이 조금 갔지. 그런데 그 후로 잘 못 걷기 시작했어요. 그렇게 되니까 강원도에서 서울까지 병원에 제때 못 가게 됐고. 그 후로 약도 못 타고 진료도 잘 못 받게 되고. 그러다가 병이 도져서 그렇게 갑자기 저 세상으로 갔어요... 가는 날까지 많이 아파해서 진통제만 수십 알을 먹었었지요. 나도 그이 따라가고 싶다는 생각을 해."

그의 눈시울이 붉어졌다. 최근 겪었던 어려움에 대해 열변을 토하던 그는 다시 고개를 절레절레 흔들며 나와의 시선을 피했다. 그가 잠긴 슬픔은 겨우 삼십 년 조금 넘은 삶을 살아온 철없는 내가 공감할 수 있는 범위나 영역 그 이상이었다. 한평생을 함께 했던 삶의 동반자를 잃은 그의 애통함과 홀로 마지못해 버텨 살아가야 할 여생의 무게가 진료실의 공기를 매웠다.

한가득 감정을 쏟아낸 그의 표정은 조금 전보다 편안해 보였고 그는 어느새 통증을 호소하고 있지 않았다. 그는 이내 그 복통의 정체가 늘 앓아왔던 만성변비로 인한 경미한 것이었음을 내게 고백했고, 그동안 고인이 된 아내 분께서 늘 처방받아 드시던 남은 변비약을 본인이 최근까지 복용하며 복통을 관리해왔다고 덧붙였다. 결국 내가 해드린 것은 고작 드시던 변비약을 넉넉히 처방해 드리는 일과 함께 생활습관 교정을 위한 짧은 교육이었다. 심히 처진 어깨와 쇠한 다리를 이끌고 홀로 집에 돌아갈 어르신의 쓸쓸한 뒷모습을 마주하려니 마음이 아쉬웠다.

퇴근을 십여 분 남기고는 내가 여든다섯 살이 되는 상상을 했다. 결코 화려하거나 기쁨으로 충만해 보이지 않았던 어르신의 삶을 엿보며, 그리고 그의 의지와 선택과는 무관하게 마주할 수밖에 없었던 할머님의 질병과 죽음을 다시 기억하며, 내 미래를 그려보았다. 그 짧은 시간 동안 무엇을 소중히 붙잡아야 하는지, 무엇을 덜 소중하게 여겨야 하는지, 어떠한 가치를 간절히 붙잡아야 하는지.

커피잔을 씻고 컴퓨터 전원을 끄고는 흰 가운을 벗어 옷걸이에 걸었다. 오늘도 돌아가신 아내분이 생전에 남긴 변비약을 드시며 할머님을 회상할 그의 마음에 어떤 위로가 있기를, 반찬 없는 냉장고를 열어 조촐한 식사 한 끼를 홀로 때울 그의 매일의 삶에 어떤 기쁨이 초청되기를 간절히 바랐다.

심정지

보건소가 아닌 대학병원 응급실에서 근무할 때의 이야기이다. 팔십 대 남성이 심정지로 응급실에 실려 왔다. 횡단보도를 건너다 시속 팔십 킬로미터로 달리던 승용차에 치여 약 이십 미터를 날아가서 떨어졌다 했다. 의료진은 하던 모든 일을 멈추고 소생실로 모였다. 분당 백 회 이상을 오 센티 이상 압박하는 일에는 대단한 체력이 필요했다. 가슴압박은 잠시라도 멈추면 안 되는 것이 원칙이므로 난 그것을 몇몇 의료진과 교대로 시행했다. 장갑, 비닐 가운, 마스크, 모자, 페이스 실드까지 뒤집어 쓴 상태에서 노동을 강행하니 금세 땀이 차올랐다. 동시에 숙련된 의사에 의해 기도삽관을 통한 기도 확보가 이루어졌다. 심장은 멎은 상태였으므로 그 어떤 동맥도 맥이 만져지지 않았다. 해부학적인 위치에 근거하여 동맥 채혈이 이루어졌다. 대퇴동맥에서 간신히 채혈이 이루어졌다. 어렵게 확보한 혈관으로 각종 약물이 투여됐다.

시간이 흐르자 남성의 입에서 피가 쏟아져 나오기 시작했다. 환자의 얼굴이 피로 뒤범벅됐다. 두 눈이 충혈되었다. 동공 옆으로 지나가는 무수한 실핏줄이 선명하게 보였다. 외상으로 머리에서 쏟아진 피가 침상에 한가득 고였다. 가슴압박은 계속되었다. 시간이 지나자 갈비뼈가 으스러졌다. 단단했던 그의 가슴이 어느덧 물렁해져서 적은 힘으로도 충분한 압박이 가능해졌다. 도착한 지 한 시간이 되었을까. 교수님이 이제 그만하자고 한다. 의료진은 그 말의 뜻을 잘 알고 있었다. 그만하자는 말이 포기하자는 말이 아님을, 단념하자는 것이 아님을, 그들의 실패를 가리킴이 아님을. 그만하자는 말은 아픈 현실을 어른스럽게 받아들이자는 격려였고, 살려야 할 다른 환자 곁으로 어서 돌아가자는 제안이었다. 이어서 사망 선고가 이루어졌다. 그

선언과 함께 환자는 그 자리에서 망인이 되었다. 아무런 준비나 작별 인사 없이 고인이 되었다.

자리를 정돈하고 복귀하려던 순간 심정지 환자 한 분이 추가로 도착했다. 사망한 환자를 급히 옆 방으로 옮기고 도착한 환자를 다시 소생실로 위치시켰다. 의료진은 조금 전까지 하던 일을 다시 시작했다. 다른 점이 있었다면 환자가 이십 대로 젊었다는 것이었다. 난 사고의 최초 목격자였던 환자의 친구분에게 전화를 걸었다. 오후 네 시까지 멀쩡하던 환자는 밤이 되어서야 친구분에 의해 바닥에 쓰러진 모습으로 발견되었다고 했다. 당시 환자는 의자 등받이와 팔걸이 사이로 난 작은 공간에 몸통이 낀 채로 뒤로 넘어갔다고 전했다. 이유가 불분명한 심장마비였다. 가벼운 죽음은 존재하지 않지만, 이십 대라는 글자가 마음을 더욱더 무겁게 했다. 심장이 돌아온다면 육십 년은 더 살 환자였지만 그는 안타깝게도 사망했다. 그의 부모가 먼 지방에서 올라오고 있다는 말을 전해 들었다. 그 부모의 마음을 감히 상상할 수 없었다.

급작스러운 두 죽음을 마주하며 난 이런 비극 뒤에 심긴 원인이 과연 존재할지 궁금했다. 첫 번째 죽음에는 원인이 존재했다. 이를테면 교통사고, 운전자, 보행자, 과속, 신호위반, 부주의와 같은 것들. 두 번째 죽음은 본인의 실수나 타인의 가해로 발생한 것이 아니었으니 탓할 것이 적었다. 모든 일에는 탓할 만한 대상이나 사물이 있는 것일까. 원인이 있는 비극과 없는 것 중 어떤 것이 더 나은 것일까. 사람의 능력과 한계를 나누는 명확한 경계선은 존재할까. 책임을 진다는 그럴듯한 말로 대처 불가한 일들에 대한 사람의 무능력을 애써 감추려 해왔던 것은 아닐까. 두 죽음은 모두 무거웠지만 결이 사뭇 달랐다. 탓할 만한 원인이 있는 죽음과, 탓할 것이 없는 죽음. 여생이 얼마 남지 않은 이의 죽음과 많이 남았던 죽음. 그날 밤 이 두 죽음은 내게 많은 질문을 남겼다.

있는 모습 그대로 보는 것이란

있는 모습 그대로 보지 않는 일,
있는 모습 그대로 판단하지 않는 일,
있는 모습 그대로를 전부라 치부하지 않는 일.

보이지 않는 모습을 헤아리는 일,
보이지 않는 모습을 넘겨짚지 않는 일,
보이지 않는 모습까지 염두에 두는 일.

색안경을 벗어내는 일,
사랑으로 바라보는 일.

있는 모습 그대로 보는 일,
있는 모습 그대로 보지 않는 일.

서울역

오늘은 미세먼지 없는 화창한 날이었다. 일주일간의 흐린 날 뒤에 맞이한 푸른 하늘은 어느 때보다 소중하게 느껴졌다. 기승을 부리던 미세먼지가 사라지자 언론은 미세먼지 말고도 전할 소식이 많았다는 듯 열심히 떠들기 시작했다. 의견은 다시 충돌했고 입장차가 좁혀질 수 없는 이웃들이 있었다. 다양성과 개개인의 권리가 강조되는 민주주의 국가에서 그것은 아주 자연스러운 일이었다. 다만, 한 치의 양보도 내어줄 수 없는 우리

사회의 각박한 모습이 가끔 측은하게 느껴질 때가 있다. 때론 그것은 분단된 자그마한 땅에서 많은 인구가 공존하며 감내해야 할 숙제 같아 보였다. 길을 걷다 이웃과 어깨를 부딪치는 일도, 지하철에서 의도치 않은 신체접촉이 일어나는 일도, 아파트 위층 이웃이 뒤꿈치를 이용해 걸을 때마다 고스란히 전해지는 진동이나 소음 모두 비슷한 맥락이 아닐까 생각했다.

목요일 오후, 서울에서 참석한 학회일정을 마치고 저녁 일정까지 여유가 생겨 서울역 바로 맞은편의 한 카페에 잠시 들렀다. 점심에 먹은 게 어느덧 소화되어 배가 고파오던 참이었기에, 그리고 날이 포근해져 냉기가 내 몸을 파고들어도 괜찮을 것 같아서, 늦겨울임에도 오랜만에 얼음 듬뿍 들어간 아이스 라떼 한 잔을 시켰다. 음료를 받아들고 햇볕이 밝게 내리쬐는 창가에 외투를 벗고 자리를 잡았다. 여유가 밀려왔고 근육은 이완됐다. 분주한 세상 가운데 주어진 이 한적한 시간이 대단히 만족스러웠다. 귀에 이어폰을 꽂고 잔잔한 음악을 들었다. 그리고 창밖을 보았다.

큰 대로 위로 많은 차가 오가고 있었다. 버스나 택시에서 내린 사람들은 적신호가 청신호로 바뀌기만을 간절히 바라며 신호등만 뚫어져라 응시했다. 신호가 바뀌자 사람들은 정면만 보고 걷기 시작했다. 말 그대로 앞만 보고 걷는 모습. 고개를 비스듬히 트는 일은 이웃이나 차량과의 충돌을 예방하기 위함일 뿐 분주한 이들에게 그 일은 사치인 것 같아 보였다. 파란 신호가 떨어진 횡단보도로 수많은 인파가 올곧게 몰려든다. 목적지가 뚜렷한 이처럼, 주어진 임무가 확고한 이처럼, 바로 완수할 일이 있는 사람처럼.

이어 수많은 버스가 지나간다. 서울에서 운전해 본 이들은 공감할 것이다. 다른 것은 몰라도 도로 위 지나가는 버스는 무조건 양보해 드리고 피해 드려야 할 절대적 존재라는 것을. 그 일이 나를 살리고 사회를 평화로 이끌 소중한 지혜라는 것을. 버스가 정차하자 동시에 열린 두 문을 통해 승객들의 승하차가 동시에 이뤄진다. 현금을 꺼내고 거슬러 받는 일은 합법이므로 비난할 일은 아니지만, 칭찬받는 행동은 아니었다. 그 일은 뒤에 줄 선 후배승객들과 이미 자리 잡은 선배승객들의 귀중한 시간을 뺏는 일이고, 극심한 피곤에 시달리는 기사님에게 수고로움을 더하는 일이었기 때문이다. 신속하고 절도 있게 진행되는 승하차의 과정은 오래 숙련된 군사훈련을 방불케 한다. 마치 짜인 극본이 있었던 것처럼, 마치 국가기밀 같은 것이 이미 공유라도 된 것처럼.

그러고 보니 공교롭게도 내가 머문 카페 건물 옥상은 수년 전 홍행했던 드라마 〈미생〉의 촬영지였다. 검증된 실력파 배우들의 명연기에 입을 다물 수 없었고, 묘사된 회사원의 일상과 만신창이가 된 현대인의 삶이 깊이 공감되어 차마 재미로만 볼 수 없었던 그 드라마. 분주한 현대인의 삶을 비추기 위해 상징적 배경으로 묘사된 이곳은, 서울역 광장을 마주하고 있는 나에게 어떤 메시지를 주는 것만 같았다.

금세 음료를 다 마셨다. 재미난 영화나 흥미로운 볼거리를 보는 것도 아니었는데 시간이 제법 빨리 갔다. 빨대만 덩그러니 꽂힌 빈 유리잔을 보고 있자니, 내 짧은 휴가가 막을 내린 것만 같은, 왠지 모를 아쉬움이 밀려왔다. 다시 윗옷을 챙겨 입고 두 귀에 꽂힌 이어폰을 주머니에 주섬주섬 넣으며 카페를 나왔다. 석양이 지고 있었다. 늦겨울 바람이 얼굴과 손을 강타했다. 유리창 너머의 세상 안에 어느덧 나도 다시 들어와 있었던 거다. 앞만 보고 걸었다. 퇴근시간 늘어난 인파 때문인지 다른 이와 어깨도 한두 번 부딪혔다. 횡단보도 앞에 섰다. 빨간불이 파란불로 바뀌기만을 기다리며 신호등을 뚫어져라 응시했다. 다음 일정에 늦지 않기 위해 이십 미터 앞에서 접근하는 내가 타야 할 버스를 향해 뛰었다. 버스 안 내가 앉을 자리는 하나도 없었다. 삼십 분은 서서 가야 했다. 놀랍진 않았다.

출발하는 버스 안에서 내가 방금까지 앉아 있었던 그 카페를 바라보았다. 그리고 질문했다. 분주함은 우리가 만든 것인지, 이 사회가 쥐여 준 것인지. 안식은 우리에게 이미 주어진 것인지, 쟁취하는 것인지. 쉼이란 저절로 주어지는 것인지, 선택하는 것인지. 쉽게 답할 수는 없었다.

삼각대처럼 살고 싶다

최근 수십만 원이라는 거액을 들여 삼각대를 하나 샀다.

사진 찍는 분들에게는 기초적인 얘기지만, 빛이 조금이라도 부족하거나 충분한 셔터 스피드가 확보되지 못하거나 장(長)노출로 사진을 찍으려면 삼각대가 필수다. 쉽게 얘기해서 삼각대 없이는 일출, 석양, 야경, 물의 부드러운 흐름을 고화질의 사진으로 담지 못한다는 말이 된다.

전문가들이 하나같이 입을 모은다. 사진기보다 삼각대가 더 중요해요. 전자는 내 실력으로 조작하는 거지만, 후자는 사람이 개입할 수 있는 요소가 제로거든요. 삼각대는 결과물에 가장 큰 영향을 줘요. 그게 바람에 흔들리면 그날 출사는 거기서 끝인 거예요.

삼각대 재질도 여러 종류가 있다. 가장 대표적으로 무거운 알루미늄과 몇 배는 경량화된 튼튼한 카본 재질. 나는 화끈하게 훨씬 비싼 후자를 택했다. 사실 일이백만 원이 훌쩍 넘어가는 삼각대도 흔히 사용되는 사진 세계에서 이 제품은 그리 비싼 편도 아니다.

이놈을 데리고 설악산도 오르고 여명이 드리운 일출도 보고 석양에 그을린 호수도 구경하고 드센 동해 바람이 주는 역경도 함께 맞이했다. 하루는 산에서 성공적으로 촬영을 마친 후 삼각대 다리를 하나하나 접은 후 가슴과 허리를 활짝 펴고 먼 지평선을 바라보는데, 그때 생각 하나가 스쳤다.

'삼각대 너 이 녀석, 인생 좀 멋지게 사는구나.'

이동에 큰 제약이 없고 어떤 풍파가 몰아쳐도 미세한 흔들림 하나 없는, 자유롭지만 견고한 태도를 지닌 삶. 변화하는 모든 환경에 잘 적응하고 비바람 같은 역경에 당황하지 않는 삶. 온 세상의 빛을 담아내는 사진기를 소리 없이 돕는 삶. 그를 겸손히 섬기는 삶. 길가의 오물, 거친 바위 표면, 흙먼지가 흩날리는 모래, 차디찬 시냇물, 발 하나만 잘못 디뎌도 위험할 수 있는 높은 옥상이나 아찔한 전망대 등, 환경의 조건과 무관하게 그 모든 곳에 다리를 펴고 발을 내릴 줄 아는 늠름한 삶.

그런 삶, 근사해 보인다.
삼각대처럼 살고 싶다.

밥에 대하여

늘 면사무소 지하 식당에서 점심을 먹는다. 오늘은 잘게 썬 두부가 넉넉하게 섞인 우거짓국과 각종 나물 반찬이 나왔다. 늘 의아했다. 아무리 색감이 부족해도 나물은 늘 먹음직스러웠다. 그러고 보니 내 입맛은 최근 일이 년 사이 다소 바뀌었다. 조미료나 요란한 색소가 첨부된 자극적인 것이 아닌, 날것, 풋것 그대로의 것들이 더 좋았다. 고아내고 우려내거나 숙성시키는 일에는 시간이 필요하지만, 그 안에는 인내와 정성도 오롯이 녹아들게 된다. 땅에서 나는 것들이 주는 단순하고 선명한 맛은 그것을 먹는 인체의 깊은 신비와 더욱 조화를 이루는 듯하다. 지금 먹고 있는 것들이 좋은 터와 기를 흠뻑 먹은 강원도에서 맺은 것들, 그러니까 많은 영역에서 오염되었을 것 같은 도시의 것과는 그 종자나 혈통이 다른 구별된 산물이라 생각하니 그 향이 벌써부터 입안을 가득 적시는 것 같았다.

식기를 들고 반찬을 허겁지겁 쓸어 담자 주방 아주머니가 메인 요리를 꺼내 보인다. 아주머니는 주방 한구석에서 한참을 서 있더니 양념이 이미 잘 버무려진 꼬막무침을 재차 버무려 두 주먹 가득 담아 주신다. 향 좋은 나물을 확보한 상황에서, 솔직히는 고기를 기대했던 터라 썩 반갑지만은 않았다. 더욱 인상적이었던 것은 그 달갑지 않은 반찬을 밝게 내보인 주방 아주머니의 야심에 찬 표정이었다. 짓던 눈웃음과 미소에는 어떤 성취감까지 곁들여져 보였는데, 마치 본인이 만든 음식을 한껏 즐겨보라는 강한 자신감이 담긴 것 같았다. 내 예상은 빗나가지 않았다. 과연 그 매콤한 꼬막무침과 구수한 우거짓국과 청량한 강원도 나물은 부드러운 조화를 이뤄 그 천연의 것이 주는 맛들을 보여줬다.

나 또한 식사 때마다 발휘하는 강한 자신감이 하나 있다. 바로 그 어떤 것이라도 감사히 먹을 수 있는 힘이다. 이것 또한 오랜 시간에 걸친 훈련이 필요했다. 어려웠던 시절 줄곧 김밥만 먹었던 시절을 거쳐야 했고, 내 노력의 개입이 전무한 외부 은혜로 배를 채우는 일이 필요했고, 당당하게 자급자족하여 마블링이 적절한 비율로 섞인 한국산 쇠고기를 배부르게 먹던 날들을 경험할 수 있었으며, 식사의 소중함을 배운 그 겸허한 마음으로 밥을 먹지 못하는 이웃의 밥값을 대신 지불하는 일을 기회가 되는대로 실천할 수도 있었다. 그러므로 젊은 날 한 끼 식사의 소중함을 어렴풋이라도 이해할 수 있게 된 동력은 정확히 얘기하면 나에게 있지 않고, 풍족하거나 소박한 밥상 모두를 향해 진지하게 임할 수밖에 없었던 지난날의 역동하는 환경에 있었던 셈이다. 그것은 고상한 의지나 선한 기도로 텅 빈 위장을 만족시킬 수 없던 스스로의 무력함을 이끌고 나아가야 했던 자립의 과정이었다. 그것은 치열한 생존 싸움 끝에 얻은 고귀한 삶의 태도이며 자산이다.

최근 한 산문집에서 '삶의 일상성'이란 단어를 처음 접했다. 날마다 반복되는 성질 혹은 인간 본연의 자세를 뜻한다고 한다. 모두가 예외 없이 밥을 먹는다. 흔하고 반복된다고 하여 그 희소성이 부정되는 것은 아니다. 밥은 삶을 영위한다. 일을 위해 밥을 먹는지, 밥을 먹기 위해 일을 하는지 판별할 수 없는 혼돈 속에서도 그 순환의 고리를 붙잡고 우리는 밥을 먹는다. 퇴근 후 온 가족 구성원과 함께 먹는 온기 가득한 돌솥밥에도, 땀 흘린 일터에서 비벼 먹는 곱빼기 짜장면에도, 고된 노동 끝에 들이켜는 김치전과 막걸리에도, 동해를 떠다니는 어선 위에서 맨손으로 집어먹는 회 한 접시에도, 번지르르한 양복을 갖춰 입고 칼로 썰어가며 먹는 도톰한 스테이크에도, 오늘 내가 먹은 강원도산 나물에도 모두 음식 그 자체의 기능을 뛰어넘는 의미가 있다. 거기에는 어제와 내일, 보상이 담겨있다, 음식에는 면역계와 질병 간의 갈등이 뒤섞여 있으며, 부양할 노부모와 책임질 처자식이 끼어 있다. 사람들은 각기 다른 마음으로 밥을 먹는다. 무수한 문제들이 괴롭히는 순간에도, 후회 가득한 날에도, 축하할 일, 좋은 일을 맞이할 때도, 시한부 선고를 받은 후 투병 중일 때도, 그 양과 종류는 다르지만 우린 밥을 넘긴다.

그래서 그렇다. 그러므로 밥을 먹을 때마다 내가 누리고 있는 오늘을 돌아본다. 누구의 은혜로 밥상이 주어졌는지, 누구의 수고로 깊이 우려내고 따뜻하게 데워진 국을 들이켤 수 있는지 생각한다. 좋은 일이 있을 때는 남루한 연락처를 뒤져 함께 축배를 들 친구를 찾고, 슬픈 일을 마주할 땐 혼자 밥을 먹는다.

일과 밥이 서로 막대한 영향을 준 탓에 갈등을 맞이하게 된 공동체의 파업 소식도 눈여겨본다. 가난하여 끼니를 수시로 거른 어르신들의 수십 년 전 이야기도 마음 한편에 고스란히 간직한다.

잠자리에 들기 전, 이 텅 빈 배를 잡고 내일의 반찬을 상상한다. 제육볶음, 쌈밥, 훈제오리, 잡채 중 하나가 나왔으면 하지만, 이러한 고급 음식은 며칠 더 기다려야 나올 듯싶다. 내일도 풀을 먹을 확률이 대단히 높다. 하지만 괜찮다. 강원도 토지에서 자라난 천연의 맛과 정통 족보를 지닌 산나물이나 배추이니 먹을 만할 것이다. 더 배고파지기 전에 자야겠다. 그래야 오늘의 배고픔을 잊고 내일의 배고픔을 채울 수 있을 테니까.

수면제를 모은 어머니

무더운 여름이 지나고 가을비가 내리면서, 제법 쌀쌀해지기 시작한 오후, 보건소 정신건강계 담당 공무원 두 분이 진료실 문을 열고 황급히 들어왔다.

"선생님 환자 중에 자살을 계획하던 분을 발견했어요. 방금 환자분들 관리하러 댁에 방문하고 오는 길이거든요."

주무관님께서 다짜고짜 이 한마디와 함께 환자분이 오랫동안 모아 왔던 수면제 통을 내게 직접 건네셨다. 한국 건강보험공단 급여 기준상 수면제는 일회 처방 시 하루 한 정, 이십팔 일 분량을 넘지 못하게 되어 있다. 수백 알의 수면제를 모으기에 환자분은 상당한 시간이 필요했을 것이다.

앞으로 환자 진료 시 참고하겠다는 말과 함께 주무관님 두 분께 큰일을 하셨다고 감사를 전한 후, 자살을 생각했던 환자분의 진료기록부터 찾아봤다. 칠십삼 세. 여환은 내게 당뇨약만 타가 건강을 잘 유지해왔던 분으로, 고작 남겨진 진료기록 내용만으로는 환자가 자살을 계획할 만한 단서나 원인을 찾기 힘들었다.

두세 시간이 흘렀을까. 공교롭게도 진료 대기 창에 갑자기 그 환자분의 이름이 접수되었다. 생각보다 빨리 그 환자를 뵐 수 있다는 사실에 순간 안도감이 들었다. 환자는 동행한 남편분과 함께 진료실로 들어왔다. 고운 보라색 모자를 쓰고 남편의 부축을 받으며 걷는 그녀의 모습이 어린 소녀처럼 느껴졌다. 난 여느 때와 같이 밝게 인사드린 후, 우울한 얘기를 조금이라도 덜 어둡게 만들고 싶어 평소보다 톤을 높여 대화를 이어갔다.

"어머님, 마침 잘 오셨어요. 제가 실은 고백할 것이 있어요. 죄송하지만 어머님의 사생활을 제가 알아버렸거든요. 지난 삼 년 동안 모으신 수면제를 보니 제 마음이 어려웠어요. 힘든 일이 많으셨나 봐요."

환자분은 침을 삼키시더니 고개를 살짝 숙인 채 뜸을 들였다. 난 그가 부담스러워할 수 있다고 생각하면서도 그분에게 시선을 고정했다. 그리고 머지않아 환자분의 양측 눈망울이 붉어지더니 순식간에 눈물이 고여 흘러내리기 시작했다.

"아이고 창피해서 어쩌나... 선생님한테는 말하지 말라고 꼭 당부했는데. 죄송해요 선생님. 죄송합니다."

죄송할 일이 아니었고, 죄송하단 말로는 어떤 긍정적인 변화를 만들어낼 수 없다고 생각했다. 난 다시 마음을 가다듬고 여쭸다.

"아닙니다, 어머니. 근처 병원에서 처방받아온 우울증 약과 수면제를 모으셨던 거죠? 그걸 오래 모으실 만큼 어떤 사연이 있으셨던 거예요?"

난 그 옆을 지키고 계신 아버님과 애써 눈을 마주치며 어떤 정보라도 흘리시길 눈길로 간절히 호소했다. 여러 사람의 감정으로 진료실이 가득해지려던 순간, 내 시선이 아버님 얼굴에 고정됐다. 그의 왼쪽 얼굴에는 피부와 관련된 수술을 받은 흔적이 관찰되었는데, 그 흉터를 따라 시선을 옮겨보니 왼쪽 동공은 마치 나병환자의 것처럼 흰자위만 남은 채 조직이 녹아 그 형태가 불규칙해 보였다. 순간 묻고 싶은 것은 많았으나 어머니의 이야기부터 듣는 것이 먼저라 생각되었다. 어머니는 눈물 몇 방울을 더 흘리시고는 감정이 가라앉았는지 작은 목소리로 입을 열기 시작했다.

"사실 제 아들이 수년 전 뇌졸중이 심하게 왔었어요. 오십이 넘었는데 지금은 걷지도 못하고 하루 종일 누운 채 저리 불쌍히 지내요. 지 부모야 알아보긴 하지만 대화도 잘 안 되고. 저것은 사람 사는 것이 아니에요. 그래서 그것 때문에... 수면제가 어떻게 생긴 약인지 알아내어 하나씩 모으기 시작했지요."

난 어머니께서 어렵게 열은 입을 다시 닫을까 봐 고개만 끄덕인 채 그의 구구절절한 사연과 속 이야기를 들어드렸다. 어머님의 말씀이 끝나갈 무렵, 그 옆에 서 있던 남편분께서 입을 열기 시작했다.

"선생님, 저도 열두 번씩 수술하느라 마누라도 신경 못 썼어요. 여기 눈 보이십니까? 이거 피부암 수술한 건데 눈까지 번져 얼굴에 칼을 열 번 댔습니다. 십칠 년 전에는 가슴 열어서 인공판막도 두 차례 넣었지요. 제가 하루에 먹는 약만 열 개가 넘습니다."

그분들의 사연의 핵심은 바로 하나밖에 없는 아들이 아프다는 것이었다. 그들은 본인들의 힘겨운 투병 생활에 대해 말하고자 한 것이 아니었다. 어머님이 수면제를 이용해 삶을 끝내려던 이유는 비참한 삶을 이어가는 아드님 때문이었다. 아버님이 언성을 높이면서까지 본인의 투병생활을 나눈 이유는, 아픈 아들놈 때문에 그가 견뎌온 세월이 의미를 잃었다는 것이었다.

몇 달 전에도 비슷한 사연을 가진 할머님을 뵌 적이 있다. 나에게 진료를 받은 한 칠십 세 환자분은 나와의 면담을 다 마쳤는데도 머뭇거리시며 진료실을 나가지 않고 진료기록을 남기는 나의 얼굴만 응시했다. 더 도와드릴 것이 있냐는 나의 질문에 그분은 갑자기 흐느끼며 내 등과 어깨를 쓰다듬기 시작했다. 그리고서는 힘겹게 말을 이었다.

“두 달 전에요. 제 아들놈 하나를 지병으로 먼저 보냈어요. 젊은 선생님 보니 아들 같아서.”

자식을 낳아보거나 길러 보지도 않은 내가 취할 수 있는 말과 행동은 없었다. 그러셨군요… 그러셨군요… 라는 흔한 추임새와 함께 내 등을 갑작스레 쓸어내리는 어르신의 손길을 마다하지 않는 것이 내가 할 수 있는 최선이었다.

사람이 살면서 느낄 수 있는 가장 극심한 스트레스는 바로 자녀의 사망이라 한다. 자식을 잃은 슬픔과 상실감은 한 어머니의 삶을 극심한 고통으로 몰고, 다시는 기쁨과 웃음을 맛볼 수 없을 만큼의 절망으로 초대하며, 때론 본인의 생을 마감하려는 극단적인 일들을 용감히 계획하게 만든다. 시간이 약이라는 우리가 잘 아는 명언은, 연인과 헤어져 사랑의 대가를 혹독히 치르는 청춘들에게는 검증된 진리이나, 자식을 잃은 부모에게는 쉽게 적용되지 않는 말일 것이다.

아들의 아픔, 아들의 죽음, 그것들은 아직도 나의 일상과는 아주 멀게 느껴진다. 이것은 비단 가족 간의 사연이 아닐 것이다. 가까운 곳에서 맺고 소멸하는 무수한 사랑의 관계로 인해 상처 나고 아무는 일이 반복되는 우리 일상이기도 하다. 얽힌 시비와 갈등을 뒤로하고, 마음과 사랑을 베푼 대상이 사라졌을 때 저며오는 상실감과 아픔을 느낀다면 그이는 그 관계에 대해 최소 성실하고 진중하게 임했다는 증거일 것이다. 나는 오늘 마주한 사연들을 스승 삼아 내 미숙한 삶에 적용하기로 했다. 지금도 진행 중인 사랑으로 맺어진 무수한 관계 가운데 성실하게 임하기로, 그것을 실천하기 위해서라도 마음의 크기를 키우는데 부단히 노력하도록, 그리고 오늘 내가 만난 이처럼 사랑으로 인해 아프고 힘든 이웃들의 사연에 더욱 귀 기울이도록.

독방의 노인

후두암 말기 환자라 했다. 그가 머문 독방으로 길을 안내받았다. 앞서 어르신 예순아홉 분을 찾아다니며 독감 예방접종을 시행했으니 이번이 정확히 일흔 번째였다. 방문을 여니 팔십대 할아버님께서 바닥에 홀로 누워있었다. 병실에 병상이 없는 것과 그가 바닥에서 지내는 연유가 궁금했으나 따로 묻진 않았다. 의식은 명확했지만 심한 치매로 소통이 불가했고, 힘을 잔뜩 주어 눈을 치켜뜬 탓에 양쪽 흰자위만 관찰됐다. 안온한 가을 햇살이 불편했는지 창틀을 등지고 있었고, 상체는 좌측으로 구십도 비틀어져 있었다. 따스한 오전임에도 추위에 떨듯 몸을 잔뜩 웅크리고 있었고, 시선은 새하얀 벽지에 그려진 자그마한 꽃무늬에 고정되어 있었다. 몸은 심히 야위어서 접종 시 잡을 만한 근육을 찾기가 매우 어려웠다. 이 모든 것을 넘어 정작 내 시선을 단번에 사로잡은 것은 왼쪽 팔꿈치 밑으로 모두 절단된 온전하지 못한 그의 좌측 상지였다. 최근까지 상급병원에 계시다가 얼마 전 이곳 요양원으로 보내졌다고 했다.

복용하는 약도, 투여할 항암제도, 조사할 방사선도, 남은 수술 계획도 없다는 얘기를 들으며 기대 여명이 얼마 남지 않았으리라 짐작되었다. 결국 접종을 보류했다. 작은 무엇이라도 해드릴 게 없다는 결론이 조금 아쉬웠다. 그가 어떤 이인지, 그가 보낸 세월은 어떠했는지, 그는 무엇에 마음과 소망을 두는지 조금도 알지 못했다. 다만 그가 지금 외로운 노년을 보내고 있는 것만큼은 잘 알게 되었다.

아무것도 해줄 수 있는 것이 없었기에 미안한 마음으로 병실을 나서다가 문득, 한 번 더 뒤를 돌아보았다. 그를 마지막으로 바라보며, 풍성한 죽음이란 없지만, 분명 덜 외로움 죽음은 있을 거란 생각이 들었다. 나를 비롯한 몇몇 사람들이나마 그를 종종 찾기를, 그래서 그가 조금이나마 덜 외로운 시간들을 보내게 되시기를 빌었다.

장례식장

근무하는 보건소 맞은편에는 자그마한 장례식장이 있다. 오늘 이른 아침부터 발인식을 준비하기 위한 유가족과 조문객들의 움직임이 분주해 보였다. 묵묵한 사내 대여섯 명이 묵직해 보이는 관 하나를 들고 발맞춰 장례식장을 숙연하게 걸어 나왔다. 많은 이들은 눈을 지그시 감은 채 기도 드리고, 어떤 이들은 손수건으로 눈물을 훔치고, 다른 이들은 먼저 간 이를 안타까워하는지 하늘만 보며 한구석에서 담배만 태웠다. 관을 실은 장례용 리무진과 유가족을 태운 버스는 지체 없이 어딘가를 향해 출발했다.

늘 분주하게 출근하면서도 아침마다 종종 목격하는 풍경이다. 지역 주민들의 건강 증진을 위한 보건소와 불과 오십 미터 밖에 떨어지지 않은 곳에서는, 모순적이게도 한 인생의 마지막을 배웅하는 일이 매일 일어나고 있었다. 난 흰 가운으로 갈아입는 일로 하루를 시작하지만, 진료실 창문 너머 보이는 유가족들은 검은 의복을 입고 받아들이고 싶지 않은 아침을 저항 한번 못한 채로 맞이하고 있었다.

오늘 첫 환자는 여든이 넘은 어르신이셨다. 그는 약 타는 날이라 믹스커피를 마시지 않았다며 내게 미소를 지어 보이셨다. 어르신께는 죄송하고 무례한 생각이었지만, 난 그분의 십여 년 뒤 종착역이 내가 아침에 본 저 장례식장일 것이라는 생각에 순간 마음이 복잡했다. 지상에는 영원한 건강이나 부패하지 않는 육신이 없으니까. 땅에 묻히지 않을 사람도.

의학기술의 눈부신 발전은 고장 난 자동차 부품마냥 사람의 장기를 꺼냈다 집어넣는 일을 가능케 하고, 효능이 입증된 수천

가지의 약물은 사람의 목숨을 거뜬히 연명시키며, 상상을 초월하는 검사 기기들은 머리부터 발끝까지 옥에 티 하나 찾듯이 각종 염증이나 암세포를 거뜬히 찾아낸다. 그런 대단한 일은 의료진들을 기고만장케 할 때가 많지만, 그 대단한 일의 한계가 환자의 임종으로 이어질 때면 어깨에 힘 들어간 의료진들도 금방 숙연해지고 겸손해진다.

출근길, 어김없이 장례식장을 지나치며, 주어진 하루가 참 소중하단 생각이 들었다. 좋은 하루를 보내기 위해서는 좋은 것을 선택해야 한다. 작은 것에서 위로받기, 어려움보다 어려움이 주는 의미를 보기, 감정 섞인 저주와 타당한 질책을 구분하여 내뱉기, 비극을 비극으로만 바라보지 않기, 추운 겨울로 불평하기보다 그 후 돌아올 봄을 기대하기……. 그런 것들로 오늘 하루를 채워두는 것이다. 그래야만 잘 살 수 있다. 그래야만 무엇이든 지킬 수 있다.

오늘도 배워가는 중이다. 하루를 소중하게 사는 법을, 삶에 대한 바른 마음가짐을 갖는 법을.

작별

팔십 대 후반의 한 남성 환자분이 내원했다. 그분은 빛 바랜 중절모를 벗더니 그가 내게 머리 숙여 정중하게 인사를 건넸다. 손자뻘 되는 내가 어려우셨는지, 공연한 기침을 내뱉으며 꼬깃꼬깃한 옷깃만을 여미고 있었다. 난 무언가를 말하거나 어떤 일을 행하지 않을 때 쉽게 엄습해오는 진료실의 껄끄러운 침묵이 늘 싫었다. 난 그의 안부를 세세히 물으며 그를 진료실 의자로 정중히 안내했다. 살아온 세월의 길이와 형태가 극명하게 다른 한 사람과 같은 공간을 공유하는 이 하루가 내겐 무척 소중한 것이었다. 난 늘 모든 어르신이 존경받아 마땅하다 여겼다. 이뤄낸 업적이나 성취한 성과와 무관하게 모진 세월의 풍파를 견뎌내고 현대사의 주역으로 활동한 그들은 넉넉한 존경을 받을만했다. 진료실 책상 위에 올려진 그의 까끌까끌한 손등이 유독 눈에 띄었다. 대강 걸쳐진 중절모 밑의 주름을 읽으려 노력했으나 그 수가 많아 이내 포기했다. 푸석푸석한 그의 눈두덩을 살포시 응시했다. 그것은 어린아이의 무구한 것들과 흡사해 굴곡진 삶을 굽이굽이 건너왔을 근 아흔 세의 눈동자라 하기엔 믿기 어려울 정도였다. 어떤 이유 때문인지 가슴이 아릿했다.

보건소 생활을 고작 두 주 앞두었으니 그를 마지막으로 진료하게 되는 날이었다. 강원도 끝자락 어느 작은 마을에 거하는 한 노인과 거대한 인파가 공존하는 서울 시내에서 아등바등 살게 될 한 젊은이가 미래에 서로 대면할 일은 다시없을 거라 여겨졌다. 순간 그와 작별 인사를 해야겠다는 생각이 들었다. 그건 어르신에 대한 도리일 뿐 아니라, 주치의가 바뀌게 될 상황을 예고하는 환자에 대한 최소한의 배려였다. 어떻게 말을 꺼내야 할지 망설여졌다. 조만간 이곳을 떠나 앞으로 뵙기 어렵다 할지, 그간 누추한 보건소까지 왕래하시느라 고생 많았다며 격려 드릴지, 아니면 독거 중인 그에게 식사를 규칙적으로 잘 챙겨 드시라 건방진 소리를 떠들어댈지, 짧은 찰나에 생각이 스쳤다.

하지만 이것이 떠나는 이에게만 국한된 여운일 수 있단 생각이 들었다. 삼 년간 무수한 환자들을 진료하며 마음속에 소중하게 담아낸 나의 생각과 깨달음, 배움과 교훈, 다짐과 각오, 꿈과 열정 등은 그가 조금도 알 리가 없었다. 이것은 상대방보다 내게서 출발한 아쉬움이나 여운이었다. 난 결국 그에게 구구절절 나의 사정을 설명하거나 장황한 마지막 인사를 건네지 않기로 했다. 그리하면 마지막을 덜 마지막답게 보낼 수 있거나 덜 섭섭할 것 같았다. 마치 이곳에 다시 돌아올 것처럼, 그리하여 근 백 세가 될 미래의 그에게 다시 약을 처방할 것처럼, 허름한 가방 주머니에 어르신들의 섬약한 손을 넣어 꺼낸 강원도 산 감자나 단감 등을 다시 건네받을 것처럼.

난 그가 복용하게 될 두 달 분량의 약을 처방하고는 안녕히 가시라고 정중히 인사드렸다. 진료실에서 퇴장하는 그의 뒷모습을 물끄러미 응시하였다. 그 걸음이 많이 느렸다. 덕분에 그의 뒷모습을 좀 더 오래 볼 수 있었다. 진료대기 목록에서 완료창으로 옮겨진 그의 이름을 다시 읽었다. 마음을 꾹 담아 기도했다. 그가 오래도록 건강하기를, 그리고 좋은 일로 그를 다시 볼 수 있기를.

힘내라는 말 대신

초판 1쇄 발행 • 2021년 11월 30일

지은이 • 강관우
책임편집 • 오휘명
마케팅 • 박근호 김은비
조판 • 유서희
디자인 • 유서희
펴낸이 • 박근호 오휘명
펴낸곳 • 도서출판 히읏
출판등록 • 2020년 4월 28일 제 2020-000109호
주소 • 03961 서울특별시 마포구 월드컵로 31길 29 2층
전자우편 • heeeutbooks@naver.com

ISBN • 979-11-970875-4-7 (03810)